妊活妻は夫の父にほだされて……

空蝉

挿絵／夏鈴糖

JN131220

KTC KILL TIME COMMUNICATION

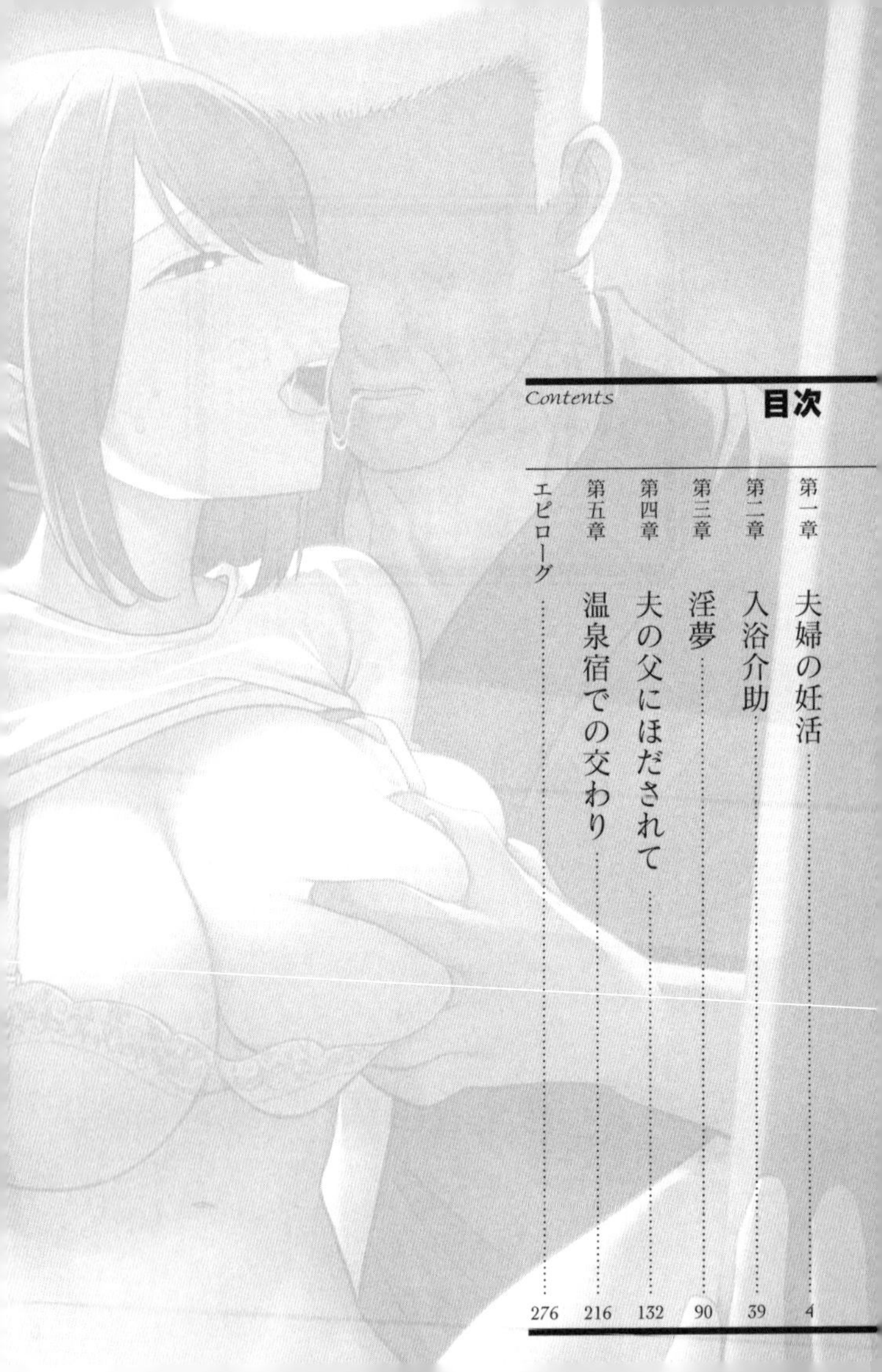

Contents

目次

登場人物　*Characters*

間宮 沙耶
（まみや さや）

子供好きで三十歳を前に妊活のため、保育士の仕事を休職中。夫が自分ほどには子作りに執心していないのは性的に淡白であることも起因しているのではと考え、思い悩んでいる。

間宮 修
（まみや おさむ）

自身はまだ若いこともあり、子作りを急ぐ妻に気後れしている。性格はひたすらに優しく、見た目も相まって線が細く感じられるが芯は強い。

間宮 徹次
（まみや てつじ）

修の父で江戸っ子。鳶職の親方で仕事には厳しいが公私ともに面倒見がよく、老若男女に慕われる。べらんめぇ口調だが男気があり、気遣いのできる好々爺。

第一章　夫婦の妊活

1

三日連続で真夏日となった、六月第二週の月曜日。

夫と共に朝食を採り終えた間宮沙耶《まみやさや》は、リビングの網戸から差しこむ日差しの強さに眉をひそめた。

四国の夏は湿度も高く、じめじめと蒸す。

保育士という職業柄ラフな服装を好み、今日も無地のTシャツにジャージズボンという出で立ちに身を包んだ若妻の肌にも、早くも汗がジワリと滲《にじ》みだしていた。

(初夏でもここ何年かは気温が高いし。こんな日は熱中症に気をつけてあげないといけないけど……園の子たちは今日も外で元気に遊ぶんだろうな)

勤め先に通ってくる園児への心配が募ると同時に、彼ら彼女らの無邪気な逞《たくま》しさを愛しく思いもする。

子供好きで世話好きの自分にとって、保育士は天職だ。その思いを胸に帰郷後五年間勤めた「尾野郷《おのさと》保育園」を、一身上の都合で休職して、今日でちょうど三か月。

（子供の成長は早いから、この三か月でうんと背の伸びた子もいるだろうな……）

休職前まで受け持っていた園児たちの成長を想像しては目を細める。会えない寂しさはあるものの、また会う日への期待が上回った結果の和みだった。

思い巡らせる間にさらに日差しは強まり、容赦なく照りつけてくる。アップにまとめたセミロングの黒髪のうなじに続いてTシャツの内側、ベージュのブラジャーに包まれた胸の谷間にも汗が滲むに至って、さすがに日の差す場所から離れようと、部屋用スリッパを履いた足を反転させた。その直後。

「じゃ、行ってくるね」

身支度を整え終えた夫が洗面所から出てきて、声をかけてくる。

沙耶が壁時計を振り返り見ると、針は午前八時二十二分を指していた。

夫の務め先である特別養護老人ホームまでは車で片道三十分ほど。今日は遅番で九時半勤務開始のため、始業の四十五分前には着くよう出かけるのが夫の常であるのを思えば、確かにそろそろ出立すべき時刻と言える。

「待って、修《おさむ》さん」

職場から支給された無地水色のポロシャツに濃紺のジャージズボンという姿で玄関

へと向かった伴侶を、スリッパの音を響かせて追う。

夫――間宮修は土間に下りることなく立ち止まり、追ってくる妻に向き直って待ってくれていた。

彼の顔は今日もにこやかで、内面の優しさそのままの印象を見る者に与える。

それは連れ添って五年目の妻にとっては見慣れた、されど決して飽きが来ない、最愛の表情の一つでもあった。

「いってらっしゃい、修さん」

ありったけの感謝と愛情をこめて、負けじと笑みを投げかける。

「うん。いってきます」

一層表情を和らげて応えた夫と、見送る妻。二つの顔が自然と近づいて、一瞬後に唇を重ねるた。

毎日欠かさず続けている夫婦のスキンシップ。軽く触れ合わせるのみながら、充分に温みと気持ちを確かめ合える、大事な儀式だ。

唇を離した直後の火照り顔を見つめられるのが照れ臭くて、それでも見つめ合いたくて。下目遣いの夫と、上目遣いの妻。双方ともに結婚五年を経ても変わらぬ愛を再度の口づけという形で体現する。

「……いつも通り、午後七時ぐらいには帰れると思うから」

「うん。お夕食、待ってるね」

しばしの別れを寂しがる唇。わずかに濡れたその唇を互いに優しく笑ませながら、夫婦は改めて言葉を交わした。

「いってきます」

名残惜しさと、仕事にかける意気込みとを含めた元気な声を残し、土間に下りて運動靴を履いた夫は玄関を出ていった。

一拍遅れてサンダルに履き替えた妻も、追って出る。

そうして、発進した乗用車の背中が道角を曲がって視界から消えるまで見送った。

朝の忙しさが過ぎて、ひと息つき。訪れた静けさに一抹の寂しさを覚えてしまう。が、それもほんのひと時だった。

亡き祖父母から譲り受けた一軒家。古いながらもしっかりした造りの二階建てに視線を戻すと、十八で上京するまでここで過ごした自身の日常と、祖父母の在りし日の姿を思い出す。

「……ん。今日も頑張ろう」

亡き二人にも励まされた気がして、意気込みも新たに前を向く。

今日は午後から、産婦人科へ赴いて定期の健診と講習を受けることになっている。

それは、今も天職と信じて疑わない保育士を休職してでも成し遂げたい、夢のため。

——早く、子供が欲しい。

母になりたいという切実な願いは齢《よわい》二十八を迎えて日増しに、三十歳という節目を意識するほどに強まっていたから。

〝妊活〟に励み始めて、もうじき一年が経つ。

(私も、修さんも身体には異常がないって言ってもらえてる)

担当医が最初に告げてくれたその言葉に心の底からの安堵を得て、より強い期待を胸に励み始めたあの日から、早くも一年が経とうとしているのだ。

一方で、休職して〝妊活〟に専念し始めてからは、まだ三か月足らず。

(焦りは禁物。まだ、これからなんだから)

自身に言い聞かせるように心の内で復唱するも、「また今日も不本意な検査結果を聞く羽目になるのではないか」——そんな不安が、焦りを助長する。

定期健診による体調チェックに、バランスのとれた食事、充分な睡眠。そのうえで排卵周期を計算しての子作りも欠かさず行っている。

夫婦共に健常なのだから、医者の教えを守り続けていれば、いずれは授かる。あとはタイミング次第――その、はずだ。

（聞く前から落ちこんでどうするの。もし、授かってたらお腹の中の赤ちゃんに笑われるわよ）

叶うことなら一日でも早く我が子をこの手に抱きたい。

そう思えばこそ、焦りと不安は解消されないのだ。わかってはいても、思わずにはいられなかった。

2

沙耶が保育士と幼稚園教諭の両資格を取得できる岡山県の大学の四年生だった頃。からりと晴れた夏の日に共通の友人を介して知り合った修は、まだ十九歳だった。

東京生まれだが自然環境に惹かれて高卒で岡山に就職したという彼の第一印象は「朴訥で、優しそう」。素朴な服装に今と変わらぬ柔和な表情、特に笑うと糸のようになる細目がそう思わせた。

年下かつ未成年ではあったが、「しっかりした人」とも印象付けられたのは、社会人という立場以上に、話すほどに実感させられた修自身の誠実さによるところが大きかった。

なお、『沙耶さんの第一印象？　素朴で優しそうな人って思った』というのが、結婚後に聞いた修の弁であり――。

(優しいっていうのは褒めすぎだと思うけど。でも、素朴か……うん、その点では、似た者同士だったのかな)

互いに派手な行事や場所が得意ではなかったし、都会の便利さよりも田舎の自然を好む点も共通していた。

沙耶は両親、修は母親が早世しているという境遇の類似もあって、双方口数は多くなかったものの、すぐに打ち解け、次第に二人で会う回数が増えていった。

そうして、落ち葉模様もまばらとなった晩秋。

『僕と結婚してください……っ』

手を繋いでの帰り道。別れ際のプロポーズだった。

一度こうと決めたら突き進むところがある人。この時初めて、そう確信した。

突然ではあったけれど、耳まで真っ赤になって気持ちをぶつけてきてくれたその申し出を、受ける理由は数多《あまた》あれど、断る理由はなかったから。

『はい……』

今にして思えば少し間抜けな、惚《ほう》けた響きの返事をした。

プロポーズを受け入れて、お互いの家族への顔合わせのタイミングを窺《うかが》っていた、その年の冬。恋人としての日々を謳歌するさなかに、訃報は届けられた。

(両親を早くに亡くした私にとっては、親代わりだった二人……)

無口だが理解のあった祖父と、躾《しつけ》は厳しかったが思いやりに溢《あふ》れた祖母。二人が自動車事故に巻きこまれ亡くなったとの、にわかには信じがたい一報だった。

急ぎ駆けつけた地元の病院で無言の対面を果たしたのち。

住む者のいなくなった実家で佇《たたず》んでいると、ここで十八まで過ごした思い出の数々が、在りし日の祖父母の姿と共に蘇る。

祖父母はもう思い出の中にしか存在しないのだ。そう思うと強い喪失感に見舞われ、家族をすべて失ったという現実がひと際強く心にのしかかる。

『これで本当に独りぼっちになっちゃった』

雪崩を打つ悲しみに耐えられず、生前祖父母が寝室にしていた部屋で泣き崩れてしまった。

――できれば元気なうちに、曾孫《ひまご》の顔を見せてやりたかった。

二人ならきっと自分のように、いや、自分以上に可愛がってくれたはずだ。

そんな「もう叶わない〝もしも〟」を想像するほどに、嘆きと後悔は深まり、止め処もない嗚咽《おえつ》や涙となって吐き漏れてゆく。

涙に暮れる中で、初めて出産というものを意識した。

そんな二十二歳の肩を抱き寄せた十九の彼の顔にも涙が伝っていて――。

『……僕が、沙耶さんを独りぼっちになんてさせない』

彼は懸命に嗚咽を堪え、告げてくれた。

初めて目にした年相応の拙さは、それゆえに心に迫り。

――ありがとう。

返した涙声は言葉にならなかった。

揃って泣きじゃくり、そのまま疲れ果てて、肩を寄せ合い眠った。

――私の家族のために泣いてくれて、ありがとう。

――私を想ってくれて、ありがとう。

結局、二つの「ありがとう」をきちんと伝えられたのは、翌朝のこと。

起き抜けに言われて照れ笑う彼を見て。

『笑ってるあなたが好き』

素直な言葉が口をつく。

そうしてまた照れ入った恋人の顔を覗き。

『ありがとう』

尽くせぬ感謝と愛情を囁《ささや》いてそのまま、どちらからともなく唇を重ね、声にならない愛情を、視線と舌とで伝え合った。

3

共に高知県での仕事を見つけ、沙耶が相続した祖父母の家に移住することも決まった、春先。

すでに婚姻届を提出済みだった修と沙耶は、慎ましい結婚式を挙げた。

新郎新婦とも親戚がおらず、親族として出席したのは修の父である徹次《てつじ》ただ一人。

他は岡山時代の友人が占める小規模なものだったが、その分皆が盛り立ててくれた。

式の後、友人の一人が勤めるレストランで行われた二次会も、大いに盛り上がり、皆笑顔で祝杯をあげてくれた。

中でも誰よりも多く飲み、誰よりも笑顔でいてくれたのが徹次だった。

「皆さん、修のやつのこと、今後もよろしく頼みます。今日は本当にありがとう」

齢五十五にして真っ白の角刈り頭が目を惹く舅《しゅうと》は、席を回っては杯を酌み交わす人それぞれに謝意を伝え、一飲み。

「あいつはガキの時分にはよく風邪ひいたりしてなぁ……」

修の幼少の思い出話など語っては、笑顔を聴衆と交わして、また勢いよく杯を傾け。

「だけどよ、昔っから気持ちの優しい男だったんだよ。俺の自慢の一人息子だ」

話の締めは決まって、男手一つで育て上げた息子を褒めた。

褒められた当人はと言えば、やや離れた席で友人に囲まれ「まいったなぁ」という顔で苦笑いしている。しかし、その瞳はいつも以上に細められ、この上なく嬉しそうに見えた。

(修さんも、お義父《とう》さんも笑った時の顔がよく似てる――)

下戸《げこ》のためウーロン茶を戴く新婦が、そんな発見をして密かに喜んでいると、

「沙耶ぁ、飲んでるぅ～?」

「今日はホントにおめでとう!」

すでに酔って赤ら顔の者。素面《しらふ》の者。単身で来る者。複数人連れ立って来る者。

状態は様々ながら各々楽しんでいる様子の友人が入れ代わり立ち代わり現れて、祝福の言葉をかけてくれる。

「まさか沙耶が最初に結婚するなんてね〜」

同じ保育科の生徒だった女友達が隣に座るなり、意外だったという趣旨で話し始めれば、周囲の友人もこぞって同意を示す。

「うん、私自身も思ってなかった」

修のように底抜けに優しい男性に出会わなければ。加えて祖父母の事故死がなければ、これほど早くに結婚に踏み切らなかっただろう。

二つの状況があってこその今だという認識は、新婦自身の内にも確かにあった。

「次は子供だね、何人くらい欲しいの？」

率直な問いかけに照れるも、授かりたい気持ちが人一倍強いのは事実だったから。

「……うん。えっと……三人、くらいかな」

はにかみつつ頷いて、希望を口にする。

「三人⁉　多くない？」

「いいことじゃん。そんだけお熱い仲ってことじゃん」

「沙耶、子供好きだもんね〜」

人数に驚く者。夫婦仲を誉めそやす者。様々だったが、皆、保育士として春から働く新婦の人となりを知っていればこそ、一様に喜びを分かち合ってくれる。

(これから修さんと家庭を築いていく。その輪の中に、赤ちゃんも加わってくれたら)

こんなに幸せなことはない。

一人っ子だった自分の幼少期を思うと、やはり子供は二人以上がいい。

今から数年後。変わらず仲睦《むつ》まじい自分と夫に、幼い男児と女児がじゃれついている姿を想像する。

そのあまりの幸せな未来予想図が、酒を一滴も飲めない沙耶の頬を泥酔者並みに赤らめさせた。

「おや～」「なに考えた今～」

酔ってないのに顔赤らめる新婦を、友人たちがこぞってからかいだす。

「このっ、幸せ者め～」

肘で突っつきながらの祝福にも、新婦の笑顔は変わらない。

「みんな、今日はありがとう」

心底からの感謝を幸福真っ只中の笑顔に乗せて友人皆に伝え終える頃には、もうほんのりと夕暮れ時。午後三時に始まった宴も、いよいよ終盤に差しかかっていた。

トイレに立って用を済ませた後、手洗いをしながら洗面所の鏡に映る自身の顔を見ていて、ふと思う。

逝ってしまった祖父母も、空の上から晴れ姿を見ていてくれていただろうか。

(お爺ちゃん、お婆ちゃんも、私、今とっても幸せだよ。あなたたちに育てていただいたおかげで、今日の私はあるんだよね)

——ありがとう。

——高校卒業した後も一緒に居れば、もっとたくさん思い出作れたよね、……ごめんなさい。

祖父母への感謝と後悔、二つの感情が交錯し、思わず目尻に涙が滲む。

幸い、女子トレイには他に誰もおらず、目撃されることなく涙を拭うことができた。

そうしてトイレを出た直後。

「……っと」

正面、二十メートルほど先からやって来る初老の男性が目に留まった。

白髪の角刈りをしたその人物は、着慣れない様子の礼服を疎《うと》ましげに、危なっかしい足取りで一人、こちらへ向かい近づいてくる。

「お義父さんっ」

男性は、徹次だった。遠目にも気づき、慌てて駆け寄ると。

「お？　おう、沙耶さんか。大丈夫だ。ちょいと酔っただけだよ」

酔いの明らかな真っ赤な顔で、呂律《ろれつ》も若干怪しい。呼気も相当に酒臭く、強がっているようにしか見えなかった。

「でも、脚ふらついてますよ。私、入り口まで付き添いますから」

堪らず肩を貸すと、

「……すまん」

飲みすぎたという自覚があったからだろうか。舅は存外素直に応じてくれた。

肩幅広く骨太の徹次は見た目以上に重かったものの、彼自身が努めてあまり体重を傾けないようにしてくれていたおかげで、女の細腕でもどうにかふらつかずに歩み続けられた。

舅はトイレ前に着くまでの十数メートルの間、二度「ありがとう」と「すまん」を繰り返し。

「あとはもう大丈夫だから。ありがとう」

最後にまたそう言って身を離すと、男子トイレに入っていった。

（大丈夫とは言われたけど……）

やはり心配で、トイレ手前の壁に背を預けて舅が出てくるのを待つことにする。

五分、十分と過ぎても、舅は戻ってこなかった。

(……まさか中で気分が悪くなってたり、倒れたりなんてこと……)

心配は募る一方で、スマートフォンが表示する現時刻と、男子トイレの出入り口とを交互かつ小刻みに視認する。

(そうだ。修さんを呼んで……！)

ハッと気づいて宴席を振り返るも、席を移ったのか、新郎の姿が見当たらない。あちこち目で追うも、人混みが邪魔をして見つけられず。

焦り孕《はら》んだまま改めて男子トイレの出入り口に向き直り、いよいよ恥を忍んで踏み入り中の様子を窺おうか——との判断に傾いた、まさにその時。

「わざわざ待っててくれたのかい。沙耶さん、ありがとな」

驚きの表情から申し訳なさげな声を発し、待ち人は無事戻ってきてくれた。

「……ッ、よかった……」

中で倒れてるんじゃないかと思った、とは告げず。

ただただ胸なでおろし、安堵する。

「息子の門出だからって飲みすぎちまった。ざまぁねぇやな」

相手の表情で心中を察したらしい徹次が、自嘲気味に告げてから再度「ありがとう」と感謝の言葉をかけてくれる。

しっかりした足取りで歩き出した彼の後ろをついてゆきながら注視するも、新婦の目にふらつく足取りが映ることはなく。

アルコールを小便で出すことで、足取りが改善されたのだろうか。

下戸の沙耶にはよくわからないところであったが、

「沙耶さんみたいな気立てのいい人を嫁にもらって、修は幸せもんだよ」

「そんな……こちらこそ修さんには助けられてばかりです」

言葉を交わすうち、残っていた不安も払拭されていった。

宴席中に自負していた通り、酒に強いというのもあるのだろう。

用足す前にあった危うさは鳴りを潜め、表情にも熟練の鳶《とび》職らしい締まりが戻ってきていた。

それでいて気さくな物腰と、修そっくりの笑顔が近づき難さを感じさせない。

厳しいながらも人柄の良いお義父さん。この人の下で優しく真っすぐに育った修と、今日夫婦となった。

（そして、この人が今日から私のお義父さんなんだ）

改めて実感し、嬉しさがこみ上げる。それはそのまま表情に出ていたらしく、席へと戻る道すがら、話し相手である舅の顔も終始満面の笑みで――刻まれた皺がより目立つその笑顔に、懐かしさを覚えてしまう。

（ああ……お爺ちゃんも、お婆ちゃんも）

――同じように笑うと皺が目立って、けれど私はその笑顔を見るのが堪らなく好きで、両親がいなくても不満に思ったことなんて一度もなかった。

胸に湧き立つ思い出が、温みとなって声と物腰に滲み出る。

「……修さんと離れて暮らすのは、寂しくありませんか？」

でも――だからこそ、かねがね気にして、ゆえに言い出せずにいたことを今、徹次に尋ねずにいられなかった。

想定外の質問だったのか、徹次はまず驚いた顔を見せたのち。

「……息子なんて、いつかは独り立ちするもんさね」

確かな寂しさを滲ませながら、気丈に笑って答えてくれる。

話すうち戻りついた席に腰下ろしてからも、彼の穏やかな口ぶりは変わらない。

「これまでだって離れて暮らしてたんだし、岡山と高知じゃ大して変わんねぇ。それに」

対面に座った息子の嫁に語りつつも、自身に言い聞かせているようでもあった、その口ぶりの最後。わざわざ一拍区切っての締めの言葉は、

「俺ぁまだ息子の世話になるほど老けこんじゃいねぇよ」

強がりではなく、心からの意思表示。寂しさを吹っ切って盛大に笑った舅の力強さが、そう思わせる。

強くて尊敬できる人だ。眩《まぶ》しい笑顔を見つめ、改めて実感した。

「あ、いたいた。沙耶さん、親父」

慣れ親しんだ声に舅、嫁ともに振り向けば、人混みを掻き分けてもう一人の家族がやって来るのが見えた。

「捜したよ。親父と話してたんだね」

主役として周囲に飲まされて、相応に酔っているだろうに、いつもと変わりない笑顔で、母親を見つけた迷子の子のごとき駆け足でやってきた彼。

その愛らしさに心和ませながら。

「うん」

短い返事と、はにかみに、ありったけの気持ち。溢れんばかりの喜びを含ませる。

「修。今日からお前は一家の長だ。沙耶さんをきちんと守ってやるんだぞ」

父親の顔に戻った舅が口を酸っぱくして告げれば、すでに何度も同じことを聞かされている修が苦笑しつつ「わかってる」と応じる。

その輪の中に自分もいられることが、堪らなく幸せに思える。

(愛する夫と、尊敬できるお義父さん。……私の、新しい家族)

今日からずっと守ってゆく、大切な「家族」という形。

決意も新たに眺めた夫と舅の満面の笑みは、やっぱりよく似ていた。

4

妊活専念後三度目となる定期健診でも望んだ結果は得られず、待ちわびた末に訪れた次の排卵日の夜。

「ン……ちゅ……っ」

「んぅ……ふぁ……っ」

ダブルベッドが置かれ、枕元の薄明かりのみが照らす夫婦の寝室に、若い男の荒ぶる呼吸と、この日を待ち焦がれていた女の甘い吐息とが交錯する。

互いに下着姿の間宮夫妻はベッドに並んで腰かけ、まだ口づけの甘い余韻が残る蕩《とろ》け眼《まなこ》で見つめ合っていた。

「沙耶さん……」

ベッド左側に陣取るトランクス一丁の夫が、囁くように呼んでくれる。

身体の不自由な老人の入浴介助やベッドでの体位変更など、重労働である介護業に従事している夫。その上腕も胸板も、服を着ている状態で見るよりずっと逞しい。

夫の男らしさを目《ま》の当たりにして、上下揃いの淡黄緑色《パステルグリーン》の下着に包まれた若妻の瑞々しい身体も、心も高鳴りを抑えられない。堪らず小さな身震いをすると、ほどきたての黒髪が背で揺れた。

保育士という仕事柄、子供に引っ張られたりしないよう髪を結うことが習慣づいている沙耶にとって、ほどいた姿でいるのは入浴時と就寝時。そして夫との子作りに励む時だけ。

中でも、半裸で向き合う羞恥と期待に揺れている愛妻の、今この時の艶姿《あですがた》を修は格別好み、毎度熱烈な視線を向けてくる。

『妊活を根気よく行うためにも、セックスの際のムード作りは重要です』

妊活を始めてから読んだ一冊の本に書いてあった一文に共感し、夫婦で話し合い、いろいろと試す中。髪ほどきは特に効果覿面《てきめん》で、一年ほど前から意図的に行うようになっている。

「沙耶さん、綺麗だ……」

キザったらしさのかけらもない、素朴な笑顔と物言いの夫が、火照《ほて》る妻のうなじを愛しげに撫ぜだす。

「ん……ぁ、ん。くすぐったい……」

声ではそう応じつつも、彼の愛情がこめられた手つきにほだされて目を細め、唇を噛んで、はにかみとも、むずがりともつかない笑顔を披露する。

「うん……。ちゅ……っ」

そして、これもまた夫婦で取り決めたムード作りの一環である、キスをする。互いに早くも渇きを覚えていた唇同士が、どちらからともなく導かれたように重なった。

「「ん……っ」」

接吻後ほどなく、夫婦は揃ってくぐもった嬌声《きょうせい》を発する。

愛情をこめるという点では、朝の「いってらっしゃいの口づけ」も、今しているキスも変わりない。

決定的に違うのは、互いに口を浅く開いた状態で接吻するということ。

さらに開き通しの夫の口腔《こうこう》へと恐る恐る、妻の舌先が潜行する。性行為前の口づけにしかない工程を踏みながら、妻は、唾液に満ちたその空間の纏《まと》わりつくような熱気に目を蕩かせた。

受け入れた夫の側も、歯を掠《かす》めた妻の舌の弾力とぬめりに痺《しび》れると同時に、目一杯舌を差し出すことで鼻の下が伸びて見える彼女の艶《なま》めかしさにも心奪われて。

（あ……った。修さんの……舌先……）

ちょん、と触れ合うなり、高揚のさなかにある男女の手指の先にまで甘い衝動が行き渡る。

もどかしくも心地よいそれが、確かに女体の芯に官能の火を点らせた。自覚した途端に頬の火照りがなお増して——変化は、見惚《みと》れていた夫にも表れた。

雄々しい鼻息はより一層乱れて、目一杯見開いた瞳はいつになくギラつき、逞しい両腕で妻の細肩を掴《つか》み寄せる。

肩を引き寄せる彼の手は優しくそれでもなお、壊れ物を扱うような優しさで——雄々しさの中にも「らしさ」を失わない夫の様に、堪らなく心が疼《うず》く。

（このまま……）

——愛し合いたい。

同じ想いを夫婦共に抱いたがゆえに、再度突っつき合った舌先に変化を促したのも、また、同時だった。

「これだけ今、私は悦んでいる」と示すため。そうして次のステップへ促すために、再接触に悦んで染み出した唾液を、二つの舌が絡まり舐《ねぶ》り合う。

塞がっている唇の代わりに胸内で呼び連ねれば、その分舌に奔《はし》る悦波の甘さも増す気がして。

(修さん、修さん……っ)

堪らず目を閉じながら、延々愛しき名を思い浮かべる。

それが功を奏し、女体の隅々へ熱と共に甘露な悦波が広がっていった。

(気持ち、いい……)

はしたなさを覚えるも、胸衝く素直な感情を押し殺そうとは思わない。恥じらいつつも身じろぐ様が、夫の目を楽しませると知っていたからだ。

閉じた目の代わりに、耳から夫の興奮ぶりを察知した瞬間。ブラの裏地に、屹立《きつりつ》し始めた乳頭が擦れつく。

途端に胸に弾けた甘美の塊を、相変わらず塞がったままの唇の代わりに、鼻腔が熱い息を漏らすことで放散した。

(ああ、もうっ……)

モジつく股根。ブラと揃いの色のショーツに覆われた恥丘が殊更《ことさら》の熱を孕んでいる。陰唇の割れ目から染み出したヌルつきがショーツに付着している。両腿をモジつかせるたびに意識せずにいられない己《おの》が肢体の「準備万端」ぶりが、なおさらの羞恥と高揚を呼び寄せ、よっぽど声に出して懇願をしようかとも思わせる。

そんな妻の心情を察してか。

「っ、沙耶さん……！」

先に唇を離した夫の切ない声が響き、慕情に煽られた乳房と女陰《じょいん》とが負けじと切なさに疼く。

喘《あえ》ごうと沙耶が喉を震わせた時にはもう、彼女の右腿に夫の右手が触れていた。

「ふァっ」

触れられただけで甘い涙声が飛び出して。

「あッ、ン、はァ、ァ……ッ」

滑るように腿を撫でられ、続いて肉付きの良いそこを揉み解《ほぐ》されるに至って、早々に、羞恥をもってしても喘ぎを堪えられなくなる。

（声を我慢しないほうが、修さんだって興奮できる……）

経験則にも合致する言い訳を盾に、羞恥心だけを噛み殺し、迸《ほとばし》る悦びを声に乗せた。

そのさなかに視線は夫の股間へ――こんもり膨らんでいるトランクスの前面部に釘づけとなった。

――今すぐに、アレと繋がりたい。

(そんなこと、言えない……声に出して言ったら、ムードだって壊れちゃうかもしれない。はしたない女だって……思われたくない……)

だからいつもと同様、無言で夫の股間へと身を屈める。

「うぁ⁉」

驚く夫を顎《あご》下から見上げ、右手の平で優しくトランクスの膨らみを捏《こ》ね撫でた。

(こうするのだって、「はしたない」ことに変わりない)

けれど、膨らみの元たる肉棒に悦波を巡らせた夫は悦んでくれている。恍惚《こうこつ》に喘ぐ彼から非難されようはずもない。

気持ちよさそうに喘ぐ夫の顔は、どことなく少年めいた愛らしさがあった。

――あなたが気持ちよさそうにしてくれてると、私も嬉しいの。

「修さん、気持ちいい……?」

照れを愛慕が凌駕《りょうが》して、尋ねさせる。

「う、ん……っ。いい、すごくいいよ沙耶さん……!」

返答は、語尾に向かうに従い上ずる、愛しい響きで、堪らずトランクスを撫でる手にも熱がこもる。

触れ合うことで得られる興奮の極致に達した男女の視線が、先ほどのディープキスに負けず劣らず絡まって。

妊活を重ねる中で恒例となった、無言の了解が互いの心に行き渡る。

どちらからともなく身を離し、立ち上がって、肌に憑いた名残惜しさにせっつかれながら下着を脱いでゆく。その間も、視線は相互に釘づけだ。

「沙耶さん……」

ブラジャーが外れると同時に揺れた愛妻の豊乳。そこに熱視線を浴びせ続けながらトランクスを脱ぎ落とした夫が、囁きかけてくる。

「うん……いい、よ、準備、大丈夫だから……」

愛しい居場所である夫の胸板から天突く勃起《ぼっき》ペニスへと目線を落とし、腰をモジつかせながらショーツを脱いだ妻が、さらなる期待を胸にベッドに仰向けで寝そべった。

手で覆いたいのを我慢して、乳房の大きさと不釣り合いな小粒の乳頭と、わずかに蜜が染み出している女陰とを剥《む》き出しに、夫の到来を待つ間。

（あぁ……駄目。やっぱり、目……開けてるの、無理……）

いよいよ羞恥に耐えられなくなった顔を両手で覆った。

「……いくよ」

いつもの穏やかさに昂奮の彩を織り混ぜて、股下から夫の声が響く。

それを合図に妻の両脚は左右に開き、より鮮烈に挿入部が夫の目に触れた。

(見られ……てる……)

視界を自ら塞いだ分だけ鋭くなった肌感覚。中でも、愛する人の視線を浴び続ける女性器が、あたかも誘っているかのようにヒクついてしまう。

ダダ濡れというほどではないにしろ挿入を助けるには申し分ない程度膣口《ちつこう》を湿らせている愛蜜が、ヒクつくたびに腿の方へと垂れていった。

それがまた羞恥を誘い、さらなるヒクつきを呼んで――迫る肉棒の滾《たぎ》りを一層強くさせる。

(く……る……!)

夫の荒い息遣いが覆い被さってくるのを肌で感じる。ときめく胸が、夫の重みでベッドが軋《きし》んだのに伴い、ふるりと震えた。

その、蠱惑的《こわくてき》な誘いにも引き寄せられ――うっすら先走りのツユを浮かべた亀頭が、膣口の割れ目に埋没する。

「あッッ!!」

短くも艶《あで》やかな響きに、女の切なさと悦が乗る。

硬くて熱い肉の感触。待望のそれに擦られて、小陰唇《しょういんしん》が嬉々と震え、新たな蜜を漏らしていく。蜜は、うねる膣襞《ちつひだ》肉と共謀して夫のペニスをより奥へといざなった。

「はぁッ、あぁ沙耶さんっ……!」

負けじと切ない声をこぼした夫の表情は蕩けながらもしかめられ、早くも限界を垣間見せていたが――妻の意を酌み、歯を噛み締めて腰を振りだしてくれる。

「あッ!? やッ、ぁあぁッ」

引き寄せようと動いていたところを擦り上げられ、膣壁《ちつへき》に切ない痺れが発生した。それは夫のペニスの律動に従って奥へ移り、また手前へと忙しく戻ってきて、その都度女の心と身体を揺さぶった。

――子をなすため頑張ってくれている夫の顔を。見たい。

摩擦悦に膣が痺れるたび膨れていった願望がいよいよ羞恥を上回り、薄目を開けて仰《あお》ぎ見る。

「あぁ、すごいよ、沙耶さん……っ」

覆い被さり腰振るうたびに、彼の表情も声も切なさを増してゆく。加えて、常日頃の優しい印象よりも牡の猛々しさを強く感じるギラついた眼光。

愛らしさと男らしさのハーモニーに、心ときめかずにはいられなかった。

「修さん……っ」

目を覆う役目を終えたばかりの両腕で、愛しき夫の首を抱き寄せる。

そうして互いの身体を隙間なく密着させ、押し潰れた乳房の柔らかさも、その内で早鐘のごとく鳴り通しの鼓動も、余すことなく伝えた。

同時に、より奥へと伝わるペニスの摩擦刺激に喘がされ、ベッドシーツに投げ出した両脚にも痺れと震えが伝導する。

胸板に潰された乳房の弾力、温みに浸り。うねる膣肉にペニスを舐り上げられ。堪らず喘ぐ夫の、細まりながらも潤む瞳。そして、自然と突き出された彼の、乾いた唇。

求めるところは、妻も同じだったから。

「ン……ちゅッ」

どちらからともなく顔を寄せ、鼻がぶつからぬよう傾けて唇を重ねる。

夫は目を閉じ感じ入っていたが、妻はまだ夫の表情を見足りず、凝視を続ける。

舌は絡ませず、遮二無二唇を押し当てるだけのキスに終始する夫の顔は――懸命で、純な印象で、なのに男らしい力強さもあって、彼のすべてを体現していた。

（修さん、好き。愛してる……）

熱に浮かされた脳裏に、月並みながらも確かな心情が連なってゆく。

それは、夫の切迫した腰遣いに乗って、膨れては弾け、また膨らみ――。

「ンッンンッンあぁぁッ……！」

牝腰が、夫の腰を追うように弾みだす。

追いすがってはぶつかって、押し返されては追いすがる。

そんな繰り返しの中で膣洞《ちつどう》のうねりは増してゆき、くるまれている肉棒がいよいよ限界のシグナルを響かせた。

「くぅ……ッもう……出るッ！」

唇を離すや、垂れるよだれもそのままに、裏返り気味の声で夫が告げる。

膣壁を擦りながら脈動を強めたペニスが、抜き挿しのリズムを速めてゆく。

二重のシグナルに対して、妻は――。

「う、んッいい、よ。出して……！」

陰唇と、膣内部の襞肉とを捏ね潰され、弾けた恍惚の波に息を乱されながらも、どうにか返事する。

添えた蕩け眼《まなこ》と、何より歓喜の締めつけを敢行している膣肉からも、充分に気持ちは伝わったはず。

「あぁッ、あッ、いッ」

予想を裏づけるように忙しさを増したピストンを浴びて、乱れた呼吸が苦しさを呼ぶ。だがそれ以上に、腰の芯に迸る快楽衝動。痺れとも、痒みとも、疼きとも思えるその衝撃に、酩酊《めいてい》していった。

(頭の中がポーッとなって、気持ちよさ一杯になるの)

常日頃の夫の優しさに触れた時は胸の奥から温かくなるのに、毎度子作りの最後に訪れるこの時だけは、腰の芯の方から熱が迸る。

二つの違いを自覚しつつも、どちらも「夫相手だから得られるもの」と信じていた。

「はァッあぁ沙耶さんッ」

膣壁のあちこちを捏ねる亀頭も、ぬかるむ膣洞でのたうつペニスの幹部分も、小刻みな痙攣《けいれん》を連ねて溜めた大切な子種を、早く吐き出したくて堪らないのだ。

知覚した瞬間に、膣穴全体がきつく締まり、またほぐれては即締まる。収縮の間隔は、回を重ねるたびに狭まってゆく。

精子を搾り取るため。その一点に特化した女性器の蠢動《しゅんどう》に煽られて、修の腰遣いはさらに単調、かつ力強いものに転じた。

「んッ、んう、あッあァ！」

二十キロ以上軽い妻を気遣いながらも、しがみついた夫が膣の中腹辺りを忙しく擦り連ねる。日頃の優しい夫も愛しいが、今この時、子作りの最後の瞬間にだけ現れる彼——子をなすことに懸命な夫もまた愛しい。

がむしゃらな腰回転のもたらす重み、熱、摩擦悦——すべて受け止めて、愛する人の背をきつく抱く。

愛の営みで得た火照りと悦波を身の内に巡らせながら、間もなく種放つペニスの予兆を、つぶさに膣内で感じ取る。

妻として、女としてこれ以上の幸せはない。

「ふぁッッ!!」

実感した直後に膣洞へと熱い飛沫《しぶき》が噴きつけた。

「くぅぅッ」

呻《うめ》きながら射出する夫の赤ら顔。愛らしくも頼もしいそれを見つめながら、膣内に溜まりゆく白濁液を意識する。この瞬間も、堪らなく愛しかった。

「あ……ッ、は、あぁ……」

至福に喘いだその声の切なさが、苦しげに伝わったのか。

「ごめん、出し終わったらすぐに退《ど》くから……」

粘性の子種汁を射出し続ける夫が、申し訳なさそうに告げてくる。

射精にはよほどの快感が伴うのか、断続的に腰震わせる彼の顔は耳まで赤く、表情もまだトロンと緩い。それがまた愛しかった。

「ん……ううん、もう少し、このまま……お願い」

温い重みにも、まだ離れてほしくはない。

伝えると夫は困ったような下がり眉となり、けれどいつも以上に目を細め優しい笑みをこぼしてくれた。

「ありがとう」

夫婦間で大事なものの一つとなっている言葉が、自然とこぼれる。

「え、と、なんか照れるよ。こんな時言われたら」

はにかむ夫の顔が、なお一層妻の胸内に温かな熱を点らせ。

精液放たれた膣洞になお充満している淫靡《いんび》な熱と疼きを、意識下から遠ざける。

夫以外を知らぬ身体も心も「セックスとはこういうもの」と理解していた。

（お腹の中、まだ、あったかい……）

それは、夫の子種がもたらした温み。子をなす期待と、夫への愛慕に浸る心の表れ。

未だ膣洞が蠢《うごめ》きを弱めないでいるのも、それらの影響によるものだと理解していた。セックスとは子をなすための行為であり、夫との愛情をこの上なく確かめ合える場でもある。そう、認識していたから。

我が身がまだ知らぬ領域——絶頂という名のさらなる快楽を求めているがゆえの、未だ鎮まる気配のない腰の火照りであり、膣の蠢動であるとは、思いもよらず。

「ふふ」

まだ火照りの残る表情に、かけらも憂いを含ませることなく微笑み、愛しき夫と三度キスをする。

(今度は良い報せ、聞けるといいな)

次の定期検診に期待しつつ思い描いた未来予想図。幼子がいて、それを見守る自分と修は満面の笑み——そんな、ありふれているようでこの上ない幸せを夢見る沙耶の胸には、確かな温もりが点っていた。

第二章　入浴介助

1

「親父が仕事中の事故で怪我したみたいなんだ」

修が予想だにしなかった言葉を口にしたのは、屋外でクマゼミの鳴き声が響き始め、日差しも一段と強まった、七月の頭のこと。

遅番勤務の平時帰宅よりも三時間ほど早い午後四時に早引けしてきた夫の顔色は蒼白で、息切らせた様子からも慌てぶりと、離れて暮らす父を案じていることが伝わる。

（お義父さんが事故⁉）

事故という言葉が、否応なく祖父母の命を奪った交通事故を連想させ、自然と沙耶の身にも悪寒が奔った。

今年も正月に顔を見せに行った際には壮健そのものだった舅。還暦を迎えてなお病院に一度もかかったことないのが自慢と笑顔で語っていた、あの義父が——とても想像できない。

「同僚の若い職人さんが落とした工具を避けようとして、足を踏み外したって」

舅は命に別状ない。改めて示された事実に安堵できたものの、告げる夫の苦しげな息遣いが心配を煽った。

「修さん、落ち着いて。まずは息、整えましょう。私、飲み物取って来るから」

辛そうな姿を見かねて忠告し、急いでキッチンへと向かう。やかんの中に残っていたぬるい茶をコップに注ぐと、急ぎ玄関に戻り、夫に手渡した。

「んぐ、んっ、ん……っ、ありがとう、少し落ち着いたよ」

勢いよく茶を飲み干した彼が、ひと息ついてようやく日頃の穏やかさを取り戻しつつある。

夫の一気飲みを予測して、熱いのでも冷たいのでもなく、ぬるい茶にしてよかった。

「それで、お義父さんの怪我の具合はどうなの？」

ひと安心しつつ、改めて夫に問う。

「ああ、右足を骨折。でも受け身を取ったのと、落ちた先が芝生だったおかげで他は大事ないって」

大事ない。そう告げたことで修自身改めて実感し、安堵しているようだった。

「骨折……」

伴侶の改善された顔色から心情を汲みつつも、妻の口は別の言葉を復唱した。

老齢での骨折が大事《おおごと》だという認識は、当たり前に持っている。

そんな妻の心情に珍しく気づかず、夫は話の続きを口にした。

「右足はギプスを着けてて、松葉杖をついてるって。慌てて電話かけたら、本人が『心配いらない』とは言ってたんだ。……でも」

昔気質《むかしかたぎ》で弱いところを見せたがらない舅。息子の優しい性分を誰より知っているからこそ、元気を装ったのだろう。

「話す間に何度か、苦しげな素振り……声とか、我慢しているように聞こえたんだ」

妻の予想を裏づける言葉。その早口からも、修のいてもたってもいられない様子が伝わる。

「お義父さん、会いに行っても『大丈夫って言ったろ』の一点張りでしょうね……」

「頑固だからなぁ……」

容易《ようい》に想像がつく舅の反応に、どう対処すべきか。

不安顔を突き合わせ、思案する。

「でも、会いに行くよ。脚の状態によっては、治るまでこっちに居てもらおうと思ってる」

離れて暮らす父親を、夫がどれほど案じているか。はっきりと告げた口ぶりと、決意に満ちた表情が物語っている。

それは、日常を送る中でもたびたび感じられ、承知していることでもあったから。

「一緒に行くわ。……説得するにしても、連れ帰る間の介助だって、一人よりは二人のほうがいいでしょう?」

躊躇《ためら》いなく告げる。

「……ありがとう」

夫はわずかな間を置いて、泣きそうな顔で謝意を口にした。

(涙もろいのは、いつまで経っても変わらないね)

高知の祖父母が亡くなった夜に共に泣きじゃくってくれた記憶が呼び起こされ、夫への慕情がより募る。

感受性強く涙もろい。そこに惚れた身であるがゆえに、思わず手を取らずにいられない。

(修さんが動揺している時は、私がしっかりしないと)

夫婦とは助け合うものなのだから。

「準備して、すぐ向かいましょう」

彼の手を握り、まだ潤んでいるその瞳を励まそうと真正面から覗き見て、伝えた。

——あなただって、そのつもりでいたのでしょう？

続けての無言の問いかけに、

「うん」

頷き、妻の想像を肯定する夫の表情には、安堵と喜びが滲んでいる。

それがまた一層妻の慕情を煽った。


東京の下町に住む舅を迎えに行くため、着る物もとりあえず飛び乗った新幹線。寄り添い座った間宮夫婦は、今後予想される介助についても話し合った。

「風呂の介助は重労働だし、僕がやるよ。男同士だし、親父もそのほうが気兼ねしないでいいと思う」

夫の申し出は正直ありがたい。

「お義父さんが汗をタオルで拭くだけでいいっていう場合なら、私がやっても大丈夫かしら」

なにより舅の気持ちを第一に考え、話し合う。

「家の中に居るばかりじゃ息が詰まるでしょうし、日中、散歩に行きたいってなったら、私が付き添って……でも、実際に会って脚の具合を確かめてからの話よね」

「だね」

「そうだ、お義父さんの好物って何だったかな？　あと、嫌いな食べ物もあれば教えてくれる？」

車窓の景色が見慣れないものに変わり、東京駅が近づくにつれ、押し殺していた不安が顔を覗かせた。結果早口になった妻の心情を察し。

「苦手な食べ物はないはずだよ。好物は刺身全般、おでんの卵、他にもいくつかあるけど。沙耶さんの手料理を正月もおかわりしてたし、その点は心配いらないよ。保証する」

今度は夫が励ましの言葉をくれた。

「ちなみに一番の好物は、何と言っても日本酒だね」と付け加える彼の声と眼差しには、心配と、呆れと、父親への親愛の情がない交ぜにこもっている。

「沙耶さんと二人なら、絶対親父も首を縦に振るよ」

「……うん」

そうであればいい。

高知に来てもらうための説得の言葉をあれこれ考えていたが、夫の顔を見るうちに結局は誠意を伝えるほかないと思い改める。

弁を弄《ろう》するよりも、気持ちをぶつけるほうがずっと響くはず。

夫もきっと同じ考えに至っているのではないか。改めて言葉を交わして確認すると
夫は「そうだね。うん、それでいこう」――そう発してから。

「沙耶さんがいてくれて本当によかった」

いつも以上に細まった眼差しを向けて、微笑んでくれる。

「……二人してそんな顔されたんじゃ、行かねぇとは言えねぇよ」

行きの車中で話し合い臨んだ甲斐あってか、舅は存外すんなりと高知での療養を受け入れてくれた。

「……高知か。行ったこたぁないが、魚が旨いってのはよく聞くな」

帰りの新幹線の中でも、ギプスを着けた右足をさすりつつ、よく話を振ってくれる。

正月に会った時よりも口数が多いのは、やはり怪我で気弱になっているせいもあるのだろう。

そんな思いもあらばこそ、間宮夫妻は舅の問いかけに逐一丁寧に応じ、また自らも率先して話題を提供した。

「旅行に来た人はカツオのたたきを喜びますけど、地元だとカツオは刺身で食べることも多いんです」

「へぇ。そりゃまたなんで？」

「鮮度落ちるのが早いから一度焼いて塩たたきにしてるけど、地元だと鮮度がいい状態の物をスーパーや市場で手に入れられるからね」

「知り合いの漁師さんが持ってきてくれたりもしますよ」

「ほぉ、そりゃ楽しみだなぁ」

高知は酒豪が多いと聞いてるし――そう続ける舅の顔に茶目っ気たっぷりの笑みが、皺と共に刻まれる。

「酒と魚、どっちが楽しみなんだい？」

呆れ半分、安堵半分に修が尋ねれば。

「そんなもん、両方に決まってらぁ。酒と肴《さかな》は切っても切れない仲だろが」

あっけらかんと言い放つ。

言葉を交わすたび深まる和気あいあいとした雰囲気が、三者の心内にわずかにこびりついていた不安の残りカスを消し飛ばす。

「まぁ、一番楽しみなのは沙耶さんの手料理だがね」

「あ。それは右に同じく」

目を瞑《つむ》って思い出す素振りを見せつつ告げた舅に、夫までもが同調する。二人揃っていたって真面目に、あれが旨かった、いやいやこれがと論戦を始め。

「もう。からかわないでください……」

素直に嬉しい反面、照れ臭い。生来目立つのが苦手な性分であるがゆえ、ほぼ満席の周囲の目が余計気になって、ただただ赤面し、照れ俯くほかなかった。

2

舅の右足のギプスが取れるには六週間を要するという。

「その間、すまねぇが、厄介になります」

高知の家の玄関をくぐり、設置されている介護用スロープを目にするなり、舅が深々と頭を下げる。

必要になるだろうからとレンタルしておいたスロープが、かえって舅を畏《かしこ》まらせてしまったようだ。

「あの、頭を上げてください。お義父さん」

沙耶が先ほどまでの和やかさから一転しての所作に面食らいながらも、慌てて頭を上げてくれるよう頼むも、舅の顔は申し訳なさそうに曇ったままだ。

「……お義父さん。こちらこそ至らないかもしれませんが、よろしくお願いします。困ったことがあったら何でも仰《おっしゃ》ってください」

堅苦しい物言いは逆効果とも思ったが、まずは気持ちをぶつけるべきとも思ったから、今の心情をそのまま言葉にして伝える。

それからようやく、畏まる舅の緊張をほぐしたい一心の、目一杯の笑顔を差し向けることができた。

「家族なんだから、気兼ねなんてしないでよ」

口添えしてくれた夫は最初から笑顔で、すっと舅の腰を後ろから支える。さすが本職と思えるそのスムーズさに感心し、頼もしさを覚えたのは、沙耶だけでなく、徹次も同様だった。

「……ああ。ありがとな」

息子に向けたその笑みは変わらず弱々しく、下がる眉尻が舅の心情をこの上なく表していたが――それでも、両腕でそれぞれつく一本の松葉杖の先が交互に前に出て、スロープを進みだす。その足取りは、息子の支えもあって、一度もふらつかなかった。

（あと少し、もう一歩。頑張って、お義父さん……！）

舅の確かな足取りを見るうちに膨張し溢れた気持ちが、沙耶の足をスロープの出口に向かわせた。

そうして徹次がスロープを上り終えようかという瞬間、堪らず手を差し伸べる。

「すまん」

実の息子との触れ合いとは違って少し畏まられてしまうことに、寂しさを覚えた。

けれどそれもこれから生活を共にする中で、少しずつ解消していくに違いない。そう思い直して、重ねられた皺だらけの手をゆっくりと、夫と舅の歩む速度に従い引き上げた。

「ありがとな」

玄関を上り終えた舅が、申し訳なさそうに告げる。

（もっと、お義父さんが気兼ねなく暮らせるように）

もっと会話をし、理解を深めようと思う。

そんな嫁の心中に気づいたのか、否か。

「できるだけ迷惑かけねぇようにすっから」

舅の眉尻はまた、下がっていた。

3

高知の中でも特に田舎の過疎集落——狭いコミュニティであるがゆえに、徹次の存在はすぐに皆の知るところとなった。酒好きの多い土地柄が性に合うのか、早々と徹次は集落の輪の中に溶けこんでゆき——。

七月も終盤に差し掛かる頃には、徹次と世間話に興じるため、あるいは手先が器用な彼にちょっとした壊れ物の修理など依頼しに間宮家を訪れる者も現れ始めた。

七月二十六日。週初めのこの日も、目覚まし時計を直してくれないかと一人、近所に住む御年八十の老婦人が訪ねてきていた。

「じゃあ気をつけて帰んなよ」

半時とかからず修理を終えた舅が松葉杖をついて玄関先まで見送りに立ったのは、午後五時を回ってすぐのこと。

「夕飯時の忙しい時にごめんねぇ、沙耶ちゃん」

その舅に礼を言って玄関を出た老婦人——野《の》村《むら》則《のり》子《こ》が、足の不自由な舅に代わって野村家までの付き添いを申し出た沙耶に、老人特有のゆったりとした口ぶりで詫《わ》びた。

「気にしないで、則子お婆ちゃん。私、今休職中で時間あるんだから」

直りたての目覚ましを右手に持ち、小さい頃から見知っている人物の隣を歩きつつ即答する。

「それに、こう見えて結構料理得意なのよ？」

事実、夕飯はもう、夫の帰宅を見計らい温め直して盛り付ければいいだけの状態にまで仕上がっている。が、無論自慢する意図はない。

それを伝えるためにも、わざとおどけるように告げた。

「おや、まぁ。あの小さかった沙耶ちゃんがねぇ」

にっこり微笑んだ老夫人の顔は、いつも以上に皺くちゃだったが――その瞳が遠い昔に思い馳せているのだということは沙耶の目にも伝わる。

祖父母が健在で、沙耶がまだ小学校の低学年だった頃。則子も今の舅と同じ年代で、当時はなかなかに気の強い人だった。それがめっきり老けこんでしまったのは、御主人に先立たれてからのことだ。

「じゃあね、則子お婆ちゃん。また、私のほうからも顔を出すね」

その物悲しさをひた隠して別れの挨拶を終え、独り暮らしの野村家を後にする。

徒歩十分足らずの道のりを戻りながら、改めて後期高齢者と呼ばれる者が住人の半数を超えている集落の現状を憂いもした。

そうしてようやく我が家の外観が視界に入った時。この温もりのある家と家族を失いたくない——そんな想いに強く囚われる。

駆けこそしないものの急ぎ足で玄関に飛びこみ、台所を目指す。

足取りもそのままにやってきた台所では、見慣れた光景が待っていた。

「お義父さん」

松葉杖つく作務衣《さむえ》姿が台所に立っていた。

「お。おう」

声かけた途端に苦笑いを浮かべ、うろつく足を止めた。狼狽《うろた》えこそしていなかったが、悪戯《いたずら》を見つかった子供のようにバツが悪そうな顔をしている。それこそが沙耶に確信を抱かせた。

「お酒はそんな見つかりやすい場所には置いてません」

ぴしゃり言い放つと、まず困ったような顔をし、続けて目に見えて肩を落とす。

ばれたら言い訳はしない。舅のそうした点は好ましくも思っていたし。毎度のことでもある酒の盗み飲み未遂を目くじら立てて追及する気も元よりない。

「こっちに来てから、飲む量が増えたでしょう？」

代わりに、常々案じていることを言って聞かせた。

「いや。面目ない」

また苦笑いを浮かべて見せながらも、まだ目で酒の在りかを探っている舅。そこにはもう、遠慮も萎縮もない。

すっかり打ち解けられた――。

そのことを沙耶は、自分の舅に対する口ぶりと態度が気安くなっていることからも実感した。おかげで小言の最中にもかかわらず、顔が和らいでしまい。

それを機に、小言は終了と相成った。

「そろそろ身体、拭きましょうか」

壁の時計が示す時刻が午後五時に近づきつつあるのを見て、日課を申し出る。

入浴介助するのは夫で、日中汗を掻いた際などにタオルで拭いてやるのは妻。舅を引き取る前に決めた分担は、今のところつつがなく踏襲されていた。

もうじき八月。夏真っ盛りといった風情で照りつける日差しは夕刻になってもなお厳しい。

日中一緒に居る沙耶としても初めて高知での夏を迎えている舅を気遣って、近頃は昼と夕方の計二度、汗を拭くことが定着している。

そんな細やかな気遣いへの感謝は、そのままに。

「いつもすまないね」

応じた舅の声の響きは、この家に初めて来た日よりもずっと素直だった。


汗拭きは、仏間隣の六畳和室――舅の居室にて行う。

ギプスで固められた右足に負担がかからぬよう、あらかじめ持ちこんでおいた、元は鏡台用だった椅子に腰かけてもらい行うようにしていた。

「それじゃ、頼む」

この日も同様に腰下ろした舅に作務衣の上を脱いでもらい、白の肌着一枚となったところで、それを背中から沙耶の手が捲《まく》る。そうして露出した年の割に筋肉質な背中に、あらかじめ水に漬けてよく絞っておいたタオルを押し当てる。

「痒いところないですか」

毎度の質問をすると、ああ、と短い答えが返ってきた。その短い響きに滲む舅のリラックスぶりが嬉しくて、拭く手つきは丁寧さを増す。

やはり結婚式の時よりも小さくなったと感じる背中を隅から隅まで、丹念に拭き終えるのに、さして時間は要さなかった。

「それじゃ前、お願いしますね」

畳の上に用意している水たっぷりのボウルに再度漬けて絞ったタオルを、舅に手渡す。自分で上半身の前側を拭き始めた舅の様子を背後から見守りつつ、「まだ、もっとしてあげられることはないか」と思ってしまう。今日だけでなくここ最近は毎度同じ思いに囚われていた。

保育士を休職中で、世話焼くことに飢えているのも理由の一つかもしれないが――徹次との距離が縮まり、家族の一員として困っている彼の助けになりたい。そうした気持ちがより強まったことが何より大きいのだと思う。

「拭き終わったよ」

汗ばみが取れてすっきりした様子の舅の日々の頑張りに、少しでも報いたいと思うから。

「はい。それじゃ、すぐに晩酌の用意しますね」

汗の染みたタオルを受け取って返事をし、舅の喜ぶ顔を想像しながら準備しておいた言葉を発する。

仏間に置かれた目覚まし時計を見る。時刻はまだ、午後六時前。夕食は遅番勤務の夫が午後七時過ぎに帰宅してから一緒にいただくのが決まりのため、その前に小腹を空かせてしまう舅に酒とつまみを提供するのが通例となっていた。

「よっしゃ。待ってました」

「飲みすぎは駄目ですからね」

想像通りのはしゃぎぶりを見せる舅が可笑《おか》しくて、吹き出しながら一言添える。

修も含めて食卓を囲む二時間後にも想い馳せ、沙耶の心は弾み通しだった。

4

八月に入るといよいよ、気温と湿度は住み慣れた沙耶にも厳しく感じられるレベルに達した。

慣れぬ高温多湿に舅はよく耐えていたが、ギプスの内側や、腋にできた汗疹《あせも》の痒みを訴えることも増えている。

そうした中でさらに寝苦しい夜が一週間ほども続き、迎えた八月の八日。

「それじゃ、行ってくるね」

午後四時を過ぎて、今晩は夜勤の夫が慌てて靴履くや出立を告げる。

　夜勤の際は、舅の入浴介助を午後三時台には済ませるのが通例なのだが――。今日は珍しくいっぺんに四人もの来客があり、舅を交え盛り上がる話の輪に割って入るのを躊躇ううち、時間切れとなってしまった。

　舅がこの家に来て以来、夫が入浴介助を行えないのは初めてのことだ。

「じゃあ、申し訳ないけど、親父の風呂の介助、お願いしてもいいかな？」

　舅を受け入れるに際して自ら担うと宣言した手前、やり残した仕事を押しつけるようで、心苦しいのだろう。

　伺いを立てるようなその話し方からも、しょんぼりと沈んだ表情からも、夫の心情は痛いほどに伝わる。

（家族なんだから、そんなにすまなさそうにしないで。気兼ねなく頼ってほしい）

　未経験の妻の手並みが不安なのだとわかるだけに、口には出せなかった。

「うん。大丈夫。教えてもらったことはちゃんと覚えてるから。お義父さんにも聞きながら、やってみるね」

　努めて張りきって見せたのは、夫に少しでも安心して出勤してもらいたい一心からだ。それが功を奏したのか、夫は表情こそ沈んだままだったものの、「ありがとう」と一言残して出勤していった。

彼の運転する車の後ろ姿を、いつも通り玄関先に出て見えなくなるまで送ったのち。家に戻り、舅が居室にしている仏間に向けて歩む道すがら、改めて自身の服装を確かめる。

夫の仕事着を真似て唯一手持ちにあった黄緑色の半袖ポロシャツを着こみ、その下には日頃から愛用している紺のジャージズボン。スリッパと靴下は風呂場に入る前に脱げばよく、髪も不意にほつれたりしないようにいつも以上にきつく結ってある。

介助中の浴室内の状態――滑りやすさ、熱気といったものを総合的に考えて選んだ格好は、改めて見ても不備がないように思えた。

まずそのことに一安心する。

だが、頭の中はすぐに次なる課題に取りかかった。

(最初に……それから……うん、ちゃんと覚えてる)

以前に一度習い、今日も手短にだが夫の監修のもと復習した介助の手順を反芻《はんすう》する。

本職の夫の手並みには及ぶべくもない、それは仕方ないにしても、せめて舅を痛がらせたり不快にさせることがないよう務めたい。

決意を胸に手順を反芻し終えると、早くも廊下奥の突き当たり右手にある仏間と、隣接する六畳間、それぞれの障子戸が見えてくる。

六畳間の前に立つと、ほんの十分ほど前まで賑やかだったのが嘘のように、戸の向こうは静まり返っていた。

「お義父さん？」

普段通り、障子戸越しに声をかける。

いつもならすぐ応じる元気な声が、返ってこない。

もう一度呼んでみるも、結果は変わらず。何秒、何十秒待っても部屋の主の声が返されることはなかった。

（部屋で待っててって言っておいたのに）

修を見送る前に声をかけておいたため、てっきりここに居てくれるものと思いこんでいた。

ここに向かってくる間に目にした、リビングにも台所にも舅の姿は見当たらなかった。松葉杖の舅が用事もないのに二階へ上がるはずもない。

「お義父さん？　開けますよ」

膨らむ不安を振り払うように障子戸を開けるも、やはり室内はもぬけの殻だ。念のために隣の仏間も確認したが、姿はない。

（一体どこに行ったの？　他にお義父さんが行きそうな場所……）

廊下に出て左手にあるトイレか。でなければ、あとは——「約束したのだから一人で向かうはずはない」と、念頭から真っ先に外してしまっていた場所。廊下正面突き当たりに位置する空間が、この時ようやく沙耶の脳裏に選択肢として浮かぶ。

浮かびたての可能性を確かめるべく廊下に出て正面を向いた、まさにその瞬間。目と鼻の先にある、閉じた扉の向こうからカタ、と小さな物音がした。

音の出処は言わずもがな。たった今頭に思い浮かべたばかりの場所だ。

ほどなくして、また音が聞こえる。今度は何か、板を勢いよく叩いた、そんな感じのはっきりとした物音だ。

音の出処は、やはり先ほどと同じ。閉まっている木製扉の向こう側——洗面所兼脱衣所のある空間から、さらに続けて「板を叩くような音」は響いてくる。

そこに舅がいて、断続的に聞こえる物音が「脱衣に難儀する際に出ているもの」だとすると——もはや確信にほぼ迫る状態にまで至っている想像が、沙耶の不安を急速膨張させ——。

「お義父さんっ」

慌ててドアノブを回し開いて、開口一番、名を呼んだ。そうして目にしたのは、想像通りの人物。

呼ばれて振り向いた舅は上半身裸で、深酒を咎《とが》められた時以上にバツの悪い顔をしている。脱衣所隅に設置している洗濯機に松葉杖を二本とも預け、その蓋の上に両手を着いた状態で、振り向いた舅。そうすることで浮かせた状態を維持している右足の下に、日中着ていた作務衣と肌着が乱雑に脱ぎ捨ててあった。

「あ……。その、すまん。手は何ともねぇんだし、脱ぐのくれぇはてめぇで、と思ったんだがな」

いつになくしどろもどろの釈明をする彼の声と表情から、疲労の色が見て取れる。

合間合間に洗濯機の蓋の上に手を着きながらの脱衣。先ほどの叩くような音は、その際に生じたものだったのだろう。それが難儀したであろうこと、中でも、松葉杖を離した左手を服から抜くのは至難の業だったのではないか。

想定を裏づけるように、舅の皺が刻まれた額に玉のような汗がいくつも浮いていた。洗濯機の上に着いた腕も疲労により震えていて、いつ倒れ伏してもおかしくないように見える。

舅を見つけることができて安堵したのもつかの間。舅の疲弊という新たな心配の種に焦りを覚え、気づけば手も、足も――身体全体が行動に移っていた。

「肩貸しますから掴まってください。ゆっくり持ち上げますね」

駆け寄った舅の右肩の下に身を滑らせ、ゆっくりと支え持ち上げる。その際、かつて夫がしたように舅の腰を後ろから支えることも忘れなかった。

勢いをつけ持ち上げるほうが楽なのはわかっていたが、舅の右足に振動が伝わるのを恐れて、疲れはするがゆっくりと傾きを是正する選択をした。

「すまん」

再び届く、謝罪。その震えと沈んだ響きには、舅の無念と、恥じ入る心情が詰まっているように思えてならない。

舅は、自分の限界をちゃんと理解し、受け入れられる人。少なくとも見てきた限りは、そうだった。

そんな彼があえて無茶をした理由。

(お友達との話に夢中になった結果、修さんが入浴介助を行えなくなったから。それで責任を感じて……?)

息子である修にもしっかり受け継がれている、それ——舅の責任感の強さを考えれば、最もあり得る話だ。

(でも、そういう思いでお義父さんがいるのなら、責められないわ)

ただ、彼の身を案じればこそ、言っておかなければならないこともある。

「……家族なんですから。困っている時、弱っている時は遠慮なく頼ってほしいです。そのほうが、私も嬉しいです」

沙耶が今まさに胸に溢れている思いを告げ終えると、

「ああ。わかった。もう無理はしねえ、約束するよ」

舅の、悪戯を見つかった子供のようだった顔つきから力が抜け、代わりに観念したような苦笑いが浮かんだ。

左の肩に乗せた老体の重みが増して感じられる、すなわち、彼のほうから身体を預けてきてくれていることも、舅の無言の返答。信頼の証であるように思えて、強張《こわば》っていた沙耶の表情にもようやく和らぎが生じた。

信頼には、すぐにでも報いたい。

「手伝いますから。残りの服、脱いじゃいましょう」

早く舅の汗を流してあげたい。

純粋にそうした気持ちから、努めて晴れやかな顔をし、介助の意思を改めて示す。

「松葉杖をついててください。その間に脱がしますから」

告げた手順は、日頃夫が行っているのと変わらないものだが——。

「……わかった」

短い返答に、今度は緊張が滲んでいた。

(今日つつがなくこなせれば、次からはもっとリラックスして受けてもらえるわよ、きっと)

基本的に入浴介助は夫の分担だが、今日のようなことが今後もないとは言えないのだから。そのためにも、今しっかりと任務をこなすことが肝要だ。

舅は松葉杖を両腋の下に構え終え、右足を浮かせて、洗濯機に向き合う形で立っている。介助者に背を向ける格好なのは、これも夫から聞いていた通りだ。

介助される側のプライバシーに配慮してのことだと、夫は言っていた。

後ろから脱がせば、舅は股間を直視されずに済む。

沙耶としてもありがたい話だった。

「それじゃ、下ろしていきますね。腕、辛くなったら我慢せずに仰ってください」

松葉杖に支えられる舅の両腕は、もう震えてはいない。地に着いた左足もしっかりしていて、身体の軸がぶれる気配もない。

「ああ……」

また短い受諾の意思表示がある。そこにまだ緊張があるのを感じ取りながら、舅の背のすぐ後ろに立つ。

そうしてすぐに、作務衣のズボンに手をかけた。背後からということと、使命感に迫られていたおかげもあって、恥じらい躊躇うこともなく。

舅が愛用する作務衣のズボンは、腰部分がゴムになっていて脱がしやすい構造だ。だからトランクスと二枚同時でも容易に下ろしていける。

あらかじめ夫に習った通りにズボンとトランクスを一緒に、腰の両脇部分を掴み、下ろしてゆく。ゴムを広げるようにしながら引き下ろしているおかげで、思った以上にすんなりと二枚ともが舅の下半身を脱げ落ちていった。

（あ……）

引き下ろすさなか、舅の臀部《でんぶ》、女性のそれと比べてえくぼのように窪んだ尻たぶが目に留まる。

だが、それも一瞬のことだ。脱げ落ちる衣類を追って腰を屈めれば、目線も下がり、今度は膝の裏の窪みが映りこむ。

「膝辺りくれぇまでなら、手前でも下ろせるんだがな……」

不意に話し始めた舅の声に、照れが混じっている。

後ろからとはいえ、他人に脱がされるのが恥ずかしいのは当然。ひと月前まで健常で、何でも自らこなせていた舅なら、なおさら恥じらいは強いだろうと想像がつく。

「あと何週間かの辛抱ですよ。お義父さんはまだまだ元気なんだから、ギプスが取れたら、きっとすぐに元通り歩けるようになります」

少しでも舅の気がまぎれるようにと話し相手を務めながら、ギプスの上を通り過ぎたズボンとトランクスをするりと、二枚まとめて右足首から引き抜く。

一仕事終えた喜びに浸りたいが、舅の腕の負担を思えば、息つく暇さえ惜しい。

「ギプスに防水カバー着けますね」

告げると、また短い返事が届く。ほっとしたようにも聞こえる吐息を伴ったその返答から、舅の心情を推測しつつ。

所定の場所――脱衣介助のために屈めばすぐ目の届く位置に置いてあるビニール製のカバーを、手に取った。

ギプスの上から被せて口を縛り固定する形状のビニールカバーは、簡素な造りながら頑丈で気密性も高く、着けていれば普通にシャワーも浴びられる優れもの。舅の入浴介助のために前もって夫が取り寄せた品だ。

それを地面から浮かせた状態の舅の右足に、つま先の方から被せていく。ギプスを覆いきり膝裏に達したカバーの口をゆっくり、舅が痛がらぬように細心の注意で絞り、固定した。

「これで、大丈夫……でしょうか？」

夫の教えに沿ったつもりだが、何分《なにぶん》初めてのことで確信が持てない。

装着した当人に伺いを立てると、表情こそ俯いていてわからなかったが、「ああ、大丈夫」と力強い応答があった。

（よかった。ちゃんと、できた……）

残すは左足首に絡んだままの衣類だが、これについては風呂場で腰かけに座ってもらってから脱がす手はずとなっている。

『どうせ洗うんだから、ズボンとトランクスが濡れるのは気にしなくいでいい。少しでも早く親父に楽な姿勢になってもらうこと。それを第一に考えて』

手はずを教わった際に夫が言った言葉を思い出す。

初めて聞いた時、効率を兼ねつつも、介護される側の視点にも立ったそれは、日々介護に勤しみながらも決して優しさを見失わない修ならではの意見だと思った。

（そう言って感心したら、照れてたな、修さん）

はにかみ照れ入る様が思い出され、つい口元が綻んでしまう。

（……修さん、私、ちゃんとできたよ。ここからも、気を抜かずに、あなたの教えを守って頑張るからね）

報告をしながらスリッパと靴下を脱ぎ終える。そのわずかな間だけ己が足首に向いていた視線を舅に戻すと、すでに腰にタオルを巻き終えていた。

「足元、気をつけてくださいね」

松葉杖で歩んでくる舅を待ちながら、風呂場へと続くガラス戸を開ける。

「ああ」

相も変わらぬ短い返事の狭間に、呼吸の乱れが聞き取れた。

ズボンとトランクスを下ろし、防水カバーをつけるのに要した時間は二分ほどだが、その前に舅が一人で脱衣に苦闘していたことを思えば、疲労がぶり返していたとしても不思議はない。

(早くお風呂の椅子に座らせてあげないと)

だが。焦って自分が足を滑らせては元も子もない。

眼前にやってきた舅の腰を後ろから支え、肩を貸して右の松葉杖の代わりとなる。

松葉杖は一本ずつ受け取って、硝子戸脇の壁に揃えて立てかけた。

これで、あとは進むだけ。舅の足取りに注視し、歩幅を意識して合わせ、沙耶は慎重に素足を一歩前へと踏み出した。

風呂の湯はあらかじめ沸かしてある。浴室内は換気扇が回っていたが、それでも屋外に負けず劣らずの湿気と熱気に満ちていた。

舅の左足首に残っていたズボンとトランクスは、彼が木製の腰かけに座って早々に沙耶の手で脱がされ、風呂の外へと放出されている。

「おぉ、あー……やっぱ風呂は熱いのに限るなぁ」

ほどなくして、桶で掬《すく》った湯をひと浴びした舅の第一声が浴室内に反響する。

肩から力も抜けていて、ギプスと防水カバーの二重防備となった右足を無造作に投げ出して座るその姿は、リラックスしきっているように沙耶の目には映った。

そのうえでの、心底気持ちよさげな第一声だったものだから、後ろで屈む沙耶の口元も自然と綻ぶ。

続く工程——洗髪は、シャンプーボトルを取ってやり、ヘッドを押して舅の手のひらに適量の液を乗せる、それだけの手助けで済んだ。

舅自身が白髪の角刈りを両手でワシャワシャ掻き回す。そうして液が泡立つ様、心地よさげに目を細め、鼻歌に興じだす様などをただ眺めていると、また不意に、懐かしい感覚。保育園で園児の着替えや昼寝を見守っている時にも必ず生じていた、慈愛とでもいうべき感情が胸を衝く。

（目を細めると、本当、いつも以上に修さんによく似てる）

親子だから当然の話だが、そんな相手に保護者めいた感情を抱いている今がより一層不思議に思えてくる。

「シャワー、かけてくれるかい？」

頭を洗い終えた舅からの要請に従い、先ほどから右手に構えているシャワーヘッドを彼の後頭部に向ける。すると、やはり前もって放出し続けておいたおかげでちょうどいい塩梅《あんばい》の温水が、勢いよく泡立ち頭に降り注ぐ。

（お義父さん、本当に気持ちよさそう）

目を瞑った彼の閉じた口元、その端がにんまりしているのが、背後からでも見て取れた。

こっそり喜びを共有しつつシャワーを浴びせること、一分弱。舅の短い頭髪を覆っていたシャンプーの泡は簡単に流れ落ち、すべて排水口に呑まれて消えた。

「それじゃ、次はお背中、洗っていきますね」

立ち上がって栓をひねり、シャワーを止めた後。浴室壁に設《しつら》えた留め具にシャワーネックをかけて手放し、舅に声をかける。

頷きという形で同意を得たのち、再び背後に屈んで、我が身のすぐ右脇に設えてあるラックからスポンジを手に取った。

スポンジの横に並んでいたボディソープのボトルヘッドを二度押して、放たれたソープを右手のスポンジに乗せる。

軽く握り潰して泡立ちを確かめてから、そっと舅の背に当てた。

はじめは、恐る恐る緩慢に。舅が痛がっていないのを確かめながら徐々に擦る手に力をこめてゆく。

前屈みに丸まっている舅の背を満遍なく擦るには、擦る側も少し腰を上げ、前のめりになる必要があった。

「痒いところはないですか？」

「ああ、大丈夫。擦る強さもちょうどいいよ」

中腰で作業するのは正直きつかったが、舅のその一言で十分に報われる。

腰に巻いたタオルに突っ伏して見えるほど深々俯いた舅の表情は、相変わらず窺えない。

代わりに、肩凝りをほぐされた時にも似た、呻きとも、喘ぎともつかぬ短い響きが幾度か漏れ、舅が気持ちよくなっていることを知らせてくれた。

「男の人の背中を流すの、実は今日が初めてなんですよ。父は物心つく前に亡くなってますし、小さい頃もお風呂は祖母と一緒で、祖父と入ったことはありませんでしたから」

舅の背をスポンジで隅々まで磨くことに集中しながら、告白する。

改めて見ても筋肉質な舅の背中に、物心ついた時には父のいなかった沙耶はある種の憧れ——逞しい父親像を重ねずにはいられない。

(だからなのかな。お義父さんに喜んでもらえると、とても嬉しいんです)

そう続けるつもりで発した告白だったが、いざとなると気恥ずかしさが勝り、口ごもってしまう。

「そうなのかい……」

嫁の心模様を知る由もなく紡がれた声からは、少しの固さと、憐憫が感じられた。

「あ……。その、お義父さんは、修さんと小さい頃に一緒に入られたりは……」

暗い話をしていると思われたか。そう考え、慌てて会話の軌道を修正する。

「ああ。あいつが小学校に上がるまでは一緒に入ったよ。背中を流してもらったこともある。背伸びしながら、よいしょ、よいしょ、ってなァ……」

懐かしさに浸るその声は、先の固い響きとはまるで違って、底抜けに優しい。

舅と夫がたくさんの大切な思い出を築いてきたことが伝わる。

（私にも、お爺ちゃんお婆ちゃん、二人との思い出はたくさんある）

それは舅と夫の思い出に劣らぬ輝きを今も放っているが、一方で「祖母の背、できたら祖父の背も一度くらいは流してあげたかった」――そうも思わずにいられない。

先に告げたように祖父と一緒に入浴したことはなく、祖母は「できることは自分でやる」という教えに忠実な人だった。ゆえに叶わなかった願いの分もと、気持ちをこめて丹念に舅の背を擦れば、また舅の口からうっとりとした吐息が漏れ伝う。

（もっと聞いていたいけど……）

何往復もした舅の背中には、もう汚れは見当たらない。擦りすぎて肌を痛めてしまう危険性も鑑《かんが》みれば、切り上げ時だ。

「背中、終わりました。スポンジ渡しますすね」

身体の前面と下半身は舅自身が洗うことになっている。夫の教えに従って声かけるも、舅は前屈みの姿勢を堅持して顔を向けてはくれず。膝上に置かれたままの両手を差し出すこともなしに、ただ「あ、ああ」とどもり気味の声だけが返ってきた。

「お義父さん……？」

今しがたまで気持ちよさそうにしていたのに、どうしたのだろう。

たただただ不思議に思った沙耶が、舅の左側から顔色を窺おうと身を乗り出す。

その気配を感じ取ったのだろう舅が時同じくして、驚きの表情を左に、肩ごと振り向けた——その結果。

「あ……っ」

舅の左肘が、沙耶の左胸を押し突いた。

押された沙耶の胸にも、押した舅の肘にも、ブラジャーとポロシャツ越しでありながら、たわむ乳房の柔らかさと弾力が鮮烈に伝わった。

反射的に身を引いた沙耶の口から、声が漏れる。驚きと恥じらいの入り混じったそれが、浴室内に残響する中。

互いに驚き固まったまま。女は余韻として残る肘の固い感触を、男は乳房の感触を、高鳴る胸で幾度となく反芻する。

先に我に返ったのは、沙耶のほうだった。

改めて己が胸元を見下ろす。舅の左肘にあった水分を吸収することで、黄緑のポロシャツの左胸部分だけが濡れ、肌に貼りついている。ベージュ色のブラジャーが透けて覗くことこそなかったが、べっとり貼りつくシャツ生地は左乳房の丸みをあからさまに浮き立たせていた。

「やだ……っ」

羞恥が遅ればせながら襲来し、慌ててスポンジを持っていないほうの腕で胸元を覆い隠す。

「……っ、すまんっ！」

それを見て弾かれたように舅の上体も再び前を向く。

浴室内に再び、居心地の悪い沈黙が訪れる。

「あ、あの、びっくりさせてしまって、すみません」

早々に音《ね》を上げた沙耶が沈黙を破って謝罪を口にすれば、

「い、いや、俺のほうこそ急に振り向いたりして、悪かった」

同じくどもった舅も詫びの言葉を発した。

沙耶の胸の動悸はまだ収まっていなかったが、舅と言葉を交わすことで幾ばくかの落ち着きを取り戻す。

「えっ、と……スポンジ、渡しますね」

右手に持ち通しだったスポンジを掲げ、改めて告げた。

「あ、ああ、ありがとう」

応答した舅の右手が恐る恐る後ろへ伸びてきて、上向いた手のひらにスポンジを乗せると、そそくさと戻っていった。それからじきに身を擦る動作に移行する。

舅の様子が一見元通りなのを視認して、ようやく。

（……まだ、ドキドキしてる）

まだ高鳴りの残る左胸を覆っていた左腕を、そっと下ろす。次いで、息を整えるための深呼吸をゆっくりと、三度連ねた。

胸の高鳴りの原因は、肘で突かれたことへの驚きと羞恥。それだけだと思いこみ。舅がまた前屈みなのは、身体を擦るため。そう、信じていた。

（失敗しちゃったなぁ……）

再来した沈黙が再び羞恥心を揺り起こそうとするのに、独り耐えながら。沙耶は己が軽率さを恥じ、舅に気まずい思いをさせたことを悔いる。

（次また介助する時には、もっと慎重にならないと……）

今後また機会に恵まれれば、今回の反省を活かそう。真面目に思考した甲斐もあり、結論づける頃には胸の高鳴りもすっかりと収まっていた。

5

三日続けての熱帯夜となった、八月十八日。

八月に入ってからも週二回のペースで子作りに励んできた間宮夫妻は、この日の夜も寝室で身を向き合わせていた。

時刻はすでに午後十一時過ぎ。階下の舅はとうに床に就いている。

その舅の目を気にして日中は過度のスキンシップを慎んでいる分、夫婦共にこの時を待ちわびていた。

「それじゃ……するね」

それでもつい音量を絞った沙耶の声が、すでに全裸でベッドに腰かけている修の耳だけに届く。

「うん……。お願いします」

修が照れながら唾を飲み、正面に立つ上下とも白の下着姿の妻に期待の目を向ける。目以上に期待のほどを示したのが、隆々反り勃《た》つ男性器だった。

赤みを増した肉の幹には血管が浮き上がり、亀の頭を思わせる先端の割れ目——尿道口からは早くもツユが染み出している。

初めて脈動する様を見た時には未知の生物であるように思えたそれも、見慣れてしまうとどことなく愛らしい。

(きっと大好きな人の身体の一部だから、そう思えるのね)

ひとり納得して、その肉棒と目と鼻の先に、沙耶が膝をつく。上体を前に屈め、息かかるほど間近に迫った肉棒を手に取れば、温みと弾力が滾々と伝わる。

「……する……ね」

再度告げて、手中で嬉々と弾む暴れん坊へと顔を寄せ。強まる照れ恥じらいをもってしても勢い収まらない夫への恋慕を、強く意識する。

（……っ、うん）

妻の鼻息にくすぐられて、夫の口から小さな、短い喘ぎが漏れ出した。それを合図に開いた沙耶の口腔が、亀の頭に被さった。

「ンッ……」

途端に口中に広がる、塩辛い汗の味。初めて口にした時は目を丸くして驚くばかりだったそれを、尿道口のヌルつきごと舐り、合間合間に嚥《えん》下《げ》する。

「あぁ……っ」

亀頭を舐り回されるたびに女の子のような声を上げて、夫の腰が小刻みに弾む。

妻の動向を見守る彼の、期待と恍惚の色に揺らめく眼差しは、フェラチオ初体験同士だった半年前から変わらない。

腰を突き出して喉を抉《えぐ》ったりは決してしない優しい夫の肉棒から、あえて一旦唇を離す。

「っあ……」

唾液に濡れる亀頭と、声を同時に震わせて、見つめてくる夫。切なく歪んだその顔を見るたびに「少しでも早く蕩け顔に戻してあげたい」——奉仕の精神が燃え盛る。

「横から舐めるね」

妻の宣告に、切なげだった夫の表情は晴れ、肉棒は舐られる前から嬉々と脈打つ。それがまた妻の胸に恋慕の熱を呼ぶ。

（もっと可愛らしい顔を見せて）

喘ぐ夫の姿を想像するほどに速くなる胸の高鳴りにもせっつかれ、肉棒の左側面に舌を這《は》わせてゆく。

舌先で横倒しにした肉竿の、しなり元に戻ろうとする反発力を受け止めながら、唾液を塗りつける。

（あ……さっそくビクンって……気持ちよくなってくれてる。……嬉しい……）

唾液で滑りの良くなった肉竿。舌を離してすぐ元通り天突いたそれを、左手に握って上下に扱《しご》く。

クチュクチュとはしたない、唾液が泡立ち奏でる響きに炙られ。

扱く手中に伝わり通しの雄々しい鼓動にも炙られ。

「……ッ、は、あァァ……」

堪らず沙耶も、甘い溜息を吐き出した。早くも口寂しさに憑かれ、口中に溜まった唾を飲む。

その音が、快楽に蕩けている夫の耳にはどうか届きませんように——。フェラチオに取りかかる際に芽生えたのとはまた別種の恥じらいが胸を衝く。

——もうそろそろ膣に男性器を招き入れるべきだ。

本来の目的である〝子作り〟への移行を意識するも、

「……沙耶さん……っ」

また切なげに訴える夫と目を合わせてしまっては、言い出すことはできなかった。

（もう少ししたら、ちゃんと言おう）

心に決めてから頷いて、再度亀頭を口に含める。亀頭の丸みに沿って舐りつき、離している間に溜め直されていた尿道口のツユを啜った。

（や、ぁ……私、今、はしたない顔……しちゃってる……）

鼻下を伸ばしてむしゃぶりつく己が顔を意識すると、余計に羞恥が身に巡る。

口一杯に頬張った肉棒から滲み出ている牡臭への恋しさが、増してゆく。息苦しさにも構わずに頬張り続ければ、乱れ、喘ぐような鼻息を延々夫に聞かせることにもなった。

息遣いに同調して肩と、白いブラに包まれた胸も上下する。

（そこも、あなたのものだから。いつでも触って、好きにしていいんだよ？）

夫の悦ぶ姿を見続ける中で期待に疼いている両胸。窮屈そうにブラに収まったままのそれを解放して、揉み捏ねてほしい——切なる願いが、舌奉仕に注力する口唇《こうしん》から放たれることはなく。

目を閉じて恍惚に浸る夫が、無言の訴えをする妻の上目遣いに気づくことも、今日に限ってない。

（熱い……）

歯痒さによって増幅された火照りが玉の汗となり、ブラに閉じこめられている双乳の谷間を滑り落ちてゆく。

そうしたもどかしさを振り払いたい気持ちも相まって、奉仕に励む舌はより貪欲な動きへと転じる。

結果として、また子作りへの移行を言い出す機会を逸した。

「ぅあっ」

チロチロとくすぐるように尿道口を刺激され、恍惚に喘いだ夫の瞳がようやく見開いた。同時に彼の腰がベッドを軋ませ、弾かれたように突き上がる。

それでも、優しい彼はすんでのところで腰を止め、妻の喉に亀頭を突き立てるのを阻止《そし》した。

一度は見開いた夫の瞳はすでに閉じ、再び腰に奔る恍惚の波に溺れていく。

夫の愛らしい様にあてられて、女体の内にまた殊更の淫熱《いんねつ》が蓄積した。それは、ブラに覆われた乳房にも、密かに擂り合わさる両内腿の付け根にも波及して。

(修さん、気づいて)

歯痒くもやるせない感情を抱えたまま、沙耶の頭が小刻みに前後する。

吸いつく妻の口唇に肉棒のカリを重点的に擦られた肉棒が、脈打ち限界を訴えたのは十二往復目のこと。

(ああ……もう出ちゃう……)

ならせめて、その瞬間まで肉棒を離したくない。切なる願いに憑かれた胸が、触れてもらえぬもどかしさをつかの間忘れてひと際高鳴った。

(今日はこのまま……お願い、修さん。私の口の中に出して……!)

言葉でも視線でもなく、尿道口を再びチロチロ舐り回すことで訴える。

「あぁッ、さ、沙耶さッ、出るよもうっ、出るっ」

ベッドに座る腰を後ずさらせることもままならず、狼狽えながら限界を訴えていた夫、その肉棒がぶぐりと膨れて、窄《すぼ》めた妻の頬肉を揺する。

夫に負けじと瞳蕩かせた妻の舌が、開いた尿道口を三度舐り上げ——それがとどめとなった。

「うぅッ、ア……！」

悦の塊を喉振り絞って吐き出した夫。その彼の股間で肉棒も、妻の舌を跳《は》ねのける勢いで白濁液を射出する。

瞬く間に口腔内を満たしてゆく生臭さと粘り気に、今度は沙耶が目を閉じ、陶酔《とうすい》する番だった。

温かく湿った口腔に射精し続ける夫は、天を仰ぎ随喜に浸っている。

夫婦は視線を交錯させぬまま、互いの身に満ちる悦びに溺れた。

「……ンッ、ンン……ッ」

事後。子種汁を嚥下し終えた沙耶が、喉に残る粘つきを数度の咳で剥《は》がし落としてから顔を上げる。

「すごくよかった……」

まだ惚けの色濃い顔と声で修が出迎えてくれた。

夫曰く腰の感覚が快楽一色に染まる感じだという射精の余韻。それがたっぷりと残る中、照れる余裕もまだない様子の彼の姿がまた愛しくて、そっと隣に腰下ろす。

「修さん」

息、精子臭くないかしら——内心気にしつつ名を呼んで、ベッドに置かれた彼の手に自らの手を重ねる。

これまでにも、射精後にもう一回戦、ということはあったから。

キス、愛撫、そして子作りの本番へと至る毎度の流れを期待して、自然と沙耶は瞼が閉じた。

「ッ……いったッ……」

けれどもたらされたのは、口づけではなく、苦悶する声。

眉ひそめ唇噛んだ夫が紡いだそれは、痛みの訴えに他ならなかった。

「……!?　修さん、大丈夫!?」

想像だにしていなかった事態に慌て、重ねていた夫の手を強く握る。

妻の心配を手からも伝えられた夫は、喜びと申し訳なさのない交ぜになった顔をして、事情を告げた。

「実は昼間、仕事でちょっと腰をやっちゃったんだ」

ひねっただけで、大事《おおごと》ではないから。続けて語った夫の表情は心配させまいと努めて笑んでいたが、まだたわんでいる眉根が内実を物語っている。

今の今までそんな素振りも見られなかったのは、夫の言うように「大したことがない」レベルの痛め方だったからなのか。

妊活の成果が出ないことに一喜一憂すまいと心掛けているつもりでも、やはり焦りが出ていたのだろう。そのせいもあって夫の異変に気づいてあげられなかった。

「言ってくれればよかったのに」

それでも事に及ぶ前に知らせてくれていれば、決して無理させなかったものを——。

己の落ち度を痛感している身で、異常を黙っていた夫を責めるわけにもいかず。思わず拗《す》ねたような物言いになってしまった。

「ごめん」

対する夫は、じわりと顔から痛みの色を引かせつつ、素直に詫びた。

「……うん。私のほうこそ、気づいてあげられなくて、ごめんなさい」

先の拗ねた物言いを恥じた分、切に申し訳なさを覚えた沙耶も詫び。

互いに次の言葉を探して、夫婦はしばし無言で向き合う。

「でも、もう大丈夫」

先に口を開いたのは修だった。

痛みの波が完全に去ったのか、しかめていた顔も元の穏やかさを取り戻している。

「明日には痛みもなくなってると思う。もしまだ痛むようなら、職場の看護師さんに診てもらうよ」

夫が勤める特別養護老人ホームには、入居者の容体が急変した時に備え、看護師が一人常駐している。

「うん、わかった」

夫を案じる妻の側としては、一度病院でちゃんと診察を受けるべきではとも思う。だが「大事じゃない」という言葉を信じ、結局は本人の意思を尊重することにした。

「大事を取って、もう休みましょう」

修からは言い出し難かろうと思い、沙耶のほうから、今夜の子作りの中止を進言する。

「ごめんね」

詫びる夫は、また、すまなさそうに暗い顔。

それをなんとかしたくて明るい話題を振った。

「明日には、お義父さんのギプスも取れるのよね」

「うん。本人も明日が待ちきれないって感じでうきうきしてたね」

嫁の目から見る限りは普段通りだったのだが、実の息子にしか気づけない小さな変化があったのだろう。

舅の話に及ぶことで夫の顔から暗い色が払拭されたことに安堵しつつ。

「ギプスも取れて、すっきりなさるでしょうねお義父さん」

真夏日が続く日中、幾度となくギプスの中の痒みを気にしていた舅。それが解消されるだろうと思うと、無邪気に綻ぶ舅の顔が目に浮かぶ。

きっと同じように舅の笑顔を思い浮かべているだろう修の顔にも、喜びが滲んでいて——それがまた妻の心を和ませる。

夫婦の対話はその後もしばらく続いたが、二人とも笑顔を向き合わせたまま、いつしか眠りに落ちていった。

6

翌、八月十九日の早朝。

「いってきます。沙耶さん、親父の付き添い、頼むね」

早出出勤する修の頼みを受け、沙耶が頷く。

「修さんも忘れず腰、診てもらってね」

頼み返すと「うん」と短くも確かな返事があり。

「いってらっしゃい」

午前六時半。口づけも交わして、夫が運転する乗用車を見送り終えた。

家に戻り、リビングで、あらかじめ揃えておいた保険証、予約票といった病院で必要なものを確かめる。それも終えて、仏間隣の六畳間を尋ねた。

「お義父さん、起きてらっしゃいますか？」

平素は六時には起きている舅のことだから、今朝ももう目覚めているだろう。

そう思っての声かけだったのだが――。

「……おう」

間もなくあった応答は、眠たげな響き。数十秒おいて障子戸を開き顔を見せた作務衣姿の舅の目は、しょぼしょぼと瞬いていて、声にも増して眠たげだった。

「ゆうべは待ち遠しくて、なかなか寝付けなくてね」

苦笑混じりの舅の告白に一瞬ドキリとさせられる。

(ゆうべって……ううん、そんなこと、ありえないわよ)

子作りに励んでいた二階の声が、一階まで届くことはさすがにない。すぐに思い直した甲斐あって、恥じらいが顔に出ることもなく。

「朝ごはん、用意できてますから。病院は九時に予約取ってあるので、八時過ぎに家を出ましょうか」

笑顔で語りかけると、頷いた舅が朝食をとるためリビングに向かう。すでに介助の必要ないほど確かなその足取りを嬉しく眺めながら、沙耶も舅の背を追った。

短い道のりの間も、三度欠伸《あくび》した以外、舅の様子に普段との違いは見受けられない。

(保育園の遠足でも、前の夜になかなか寝られなかったって欠伸してる子がいたな)

無邪気な子供たちの顔も思い浮かび、沙耶の心は終始和やかだった。

第三章　淫夢

1

『これから二週間は、骨の組織が作り替わる時期です。普通に歩く分には問題ないですが、無理はなさらぬように』

右足のギプスを剥がしてもらったのち医者から告げられた舅は、翌日から単身で散歩に出るようになった。

行き先は近所の友人宅だったり、徒歩十分程度のところにある浜辺だったり、集会場や市民館だったり、日によって違ったが、自分の意志通りに歩き回れることを心底楽しんでいるように沙耶の目には映っていた。

ギプスが取れて、今日ではや七日。東京へ迎えに行ったあの日の弱々しさが嘘のように、日々生き生きと出歩く舅を見るにつけ、介助に勤しんできた沙耶の胸も純粋なる喜びに満たされる。

その一方で次回、一週間後の診察で完治宣告を受ければ、舅は東京に戻ってしまうかもしれない。そんな寂しい想像も、脳裏を掠めるようになっていた。

（お義父さんさえよければ、ずっと居てもらっても……）

二か月近い同居で、すでに沙耶にとっても舅の居る日常が当たり前となっている。修の『傍に居てもらったほうが安心できる』という言葉にも同意できるだけに、そうなってくれたらと願わずにはいられない。

（でも、お義父さんのお仕事のこともあるし。簡単な話ではないわよね）

何度か舅が鳶の仕事について話してくれたことがある。『高い足場からの眺めがよ、最高なんだ』──そう話す舅は本当に嬉しそうで、仕事への愛着の強さが窺えた。

それに、舅にとって東京は生まれ育った故郷でもあるのだ。

簡単に決められるものではないと想像がつくだけに、なかなか話を切り出すことができぬまま、今日に至ってしまった。

『まずは親父の気持ちを聞かなくちゃね。それとなく、話してみるよ』

結局は、夫の言葉を信じて待つほかないのか──。

その夫が夜勤で不在の八月二十九日の夜も、眠りに落ちる直前まで沙耶は考えこんでいた。

そのせいで眠りが浅かったこの夜、沙耶は久しぶりに夢を見た。

生まれて初めて見る、淫らな内容の夢だった——。

夢の中の自分は、就寝時同様に髪をほどいた状態で、寝室のベッドに背を預けている。服装は就寝時着ていた黄色のパジャマではなく、口奉仕で終わった十日前の夜と同じ上下とも白の下着のみを身に着けていた。

そこに全裸の夫が覆い被さってくる。ベッドが軋む音が、やけに生々しく感じた。

半月前までは実際に週二回のペースで目にしていた光景。

夫が腰を痛めてからは大事を取って子作りを控えているため、目にしていない光景。なればこそ、すぐに夢であると理解した。

（あ……っ）

夫の両手に、左右のブラカップがそれぞれ掬うように包まれた。二度三度と優しく揉まれて乳房がたわみ、夢の中の自分が惚けた息を漏らしている。

トロンと半開きの瞳、紅潮した頬に、艶やかな唇が期待して小刻みに震える様。

俯瞰《ふかん》して見た我が顔はやたらと煽情的に映った。

それらにも増して、揉みしだかれるたび形を変える乳房が目を惹く。

（こんなはしたない夢を見るなんて、私……）

二週間余り子作りができないだけで、夢に見るほど欲求不満になっているのか。

強い恥じらいが胸を締めつける一方で、十日前の夜に願った通りの愛撫を受ける夢の中の自分に羨望を禁じ得ない。

夫の手が背に回り、今まさにブラのホックを外した。解放された両乳房が、蓄積された熱を吐いて一度縦に震える。

「はぁ……あ……」

背中から引き抜かれたブラジャーがベッド下へと放り置かれるのを眺めながら。

熱視線注ぐ乳丘に浮いた汗が、期待の息遣いに従って垂れ伝う。

汗とは逆に乳房の丸みを登ってくる夫の手指を、生唾飲んで見守る。夢から覚めたいとは微塵《みじん》も思わず。気づけば夢の中の自分に意識が重なっていた。

(あ……く、る……)

期待して追っていた目が、夫の指二本が右乳房の乳頭を挟み摘まんだ瞬間に、嬉々と揺らいだ。右乳に奔った痺れるような愉悦は、現実であるかのような鮮烈さで幾度となく反復する。

(少し苦しい……けど。でも……)

記憶の中にある子作りの際のそれよりも強めな圧力に驚く一方で、より細やかに、女体の感応をつぶさに確かめつつの愛撫に、身体は瞬く間に馴染んでいった。

「はァ……ッ、あ……ッ、あァ……」

堪らず喘いだ口端からよだれが漏れ落ちる。その羞恥も、両胸に響く喜悦《きえつ》の痺れが打ち消してくれた。

「っア……」

痛み覚える手前で解放された右乳首が、まだ甘苦しい痺れに憑かれている中。

修の顔が黙って右乳房へと迫ってくる。

(あぁ、何か言って……)

優しい表情のまま無言貫く彼に訴える間もなく、右乳首に恍惚が奔った。

「ふッ、あッあぁ……ッ」

まだジンと痺れて敏感になっているところを優しく舐り転がされ、身も心も蕩かされる。敏感な乳首に迸る悦波は思った以上に強く、夫の丁寧な舐りに乗じて波は繰り返し乳の内を巡った。

胸に満ちた痺れと疼きは背を伝い、腹を伝ってショーツに包まれた股の付け根にもたどり着く。それに焦れた両内腿が無意識に摺り合わされた、まさにその時。

(やッ!? ああ、離しちゃイヤぁ……)

恍惚にまどろんでいた右乳房から、修の唇が離れてしまう。

解放された右乳房は、丸い丘陵も尖り勃つ乳頭も唾液に濡れそぼっていて、

(イヤらしい……)

我が身の一部ながら、思わずにいられない。荒く息吐くたび揺れる様も、濡れ光ることで余計に際立って見えた。

『はぁ、は、ぁぁ……こっちも、吸ってやるぞ……！』

ようやく聞けた夫の声。荒い息遣いから高揚が窺えるそれに、胸が高鳴る。

吸い立てられたのは、ここまでやんわり揉み捏ねられるばかりだった左胸。

真っ先に強く吸い立てられ、今度は左の胸奥から悦びの塊が絞り出されていく——先だって味わったそれの何倍もの強さの恍惚が乳先から女体の内へと迸った。

(こんな、の……ない。本物の修さんにしてもらったことない……！)

優しい夫にはありえない強い吸引。巧みな愛撫。つい今しがたの言葉遣い。三重となることで急増幅した違和感が、吸われるたび左胸に迸る甘露の衝撃に溶け失せる。

(夢、だから？　……私が、こんなにも貪欲な修さんを望んだの……？)

己のはしたなさを再自覚して火照る顔を覆うも、淫夢から覚めようとは思わない。

修の口中で優しく舐り転がされだした左乳頭が、一層尖って嬉々と疼きを発する。

その疼きに応えるように、今度は摘まれている右の乳首への圧が強まった。

「はぁ……ァ……ッ、ン……」

頃合いを見て強弱を入れ替える愛撫の巧みさに引きこまれ、堪らず媚びるような喘ぎを紡いでしまう。

無意識に摺り合わされていた女体の内腿にもついに、汗とは違う汁が垂れ伝う。

羞恥はあったが、夢の中だから。夫の愛撫に喜んだ証なのだからと、隠すことはせず。むしろ意識して内腿を擦り、腰をくねらせて夫にアピールしさえした。

恥を忍んでの行動は奏功し、夫の左手が汁の出処たる股の付け根目掛け登りだす。

(あ……あ……っ、修、さん……嬉しい……。そのまま来て……ぇっ)

妻の期待を見てとって、微笑んだ夫が再度右乳を吸ってくれる。甘美な衝撃に溺れ、疼きを蓄えた乳房が、夫の口が離れると同時にぷるんと跳ねた。

そんなタイミングで、とうとう夫の指先が股の付け根にたどり着く。

「あァ……ッ」

彼の指腹に軽く押されただけで、ショーツ越しの股肉に甘い痺れが奔る。

指先に伝わる湿りと、濡れて貼りつく薄布越しの肉感を楽しむように二度三度、圧が加わり。股の甘い痺れがその都度増幅される。

「あ、っ、ン、ぁァ……ッ」

開き通しの口唇から漏れる喜悦の響きが、夫だけでなく自身をも煽り立ててゆく。

『もう、濡れているね。脱いじゃおうか。腰、浮かせてごらん』

相変わらず無言の夫。けれど優しい眼差しがそう語っている気がして、まだ甘露に震えている腰をほんのわずか浮かせた。

すでに腰の左右からショーツを捕まえていた夫の両手が下りてゆき――濡れて貼りついていたショーツが女陰より剥がれ、丸まりながら脱げ落ちていった。

膝下に達した時点で手放されたショーツが、拘束具のごとく足の動きを阻害する。

そんな不自由さに意識向かわせる間もなく。

(あ、ぁ……修さんが、見、てる……私のはしたないアソコを、じっ……と)

自ら染み漏らした蜜に濡れて光る股間の丘から、期待にヒクつく割れ目へと、舐るように移動する夫の熱視線に炙られた。

求められているという実感が、若妻の心と股にさらなる潤いをもたらす。

「あ……ッん、ぅン……」

濡れて貼りついていた恥毛の茂みを、指先で掻くように弄《もてあそ》ばれる。その恥ずかしさと、こそばゆさによじれた腰が、期待に憑かれて自ずと元の位置に戻ってゆく。

この時初めて、足の動きを阻害する脱げかけショーツを疎ましく感じた。腰がくねくねとおねだりを敢行する。伴う恥じらいは、すべて期待の糧《かて》となり。

（修さん、愛してるわ。だから……どうしてもあなたとの子供が欲しいの……）

愛しい人との子を望む気持ちが際限なく膨らんで、膣洞を濡れそぼらせた。早鐘のごとく鳴る胸の鼓動と、身の内の疼きにも煽られて、昂《たかぶ》りきっていた陰唇が、ついにじかに指で触れられた瞬間。

「はッぁァ……ッッ」

触れたての夫の指先を飲もうとするかのように蠢動した。

それがまた女心に恥じらいを呼び、恥悦へと進化して、さらなる膣のヒクつきを呼ぶ。溢れる悦びは新たな蜜となって、ヒクつき通しの股唇からこぼれ、今またベッド上でくねる腰から、汗ばんだ内腿へと垂れ伝う。

漏れずに残っていたたっぷりの蜜を潤滑油に、驚くほどすんなりと夫の右手中指が膣壺に潜ってゆく。

（ああ、凄い……修さんの指、お腹の中でぐねぐね、動いて……っ）

実際の我が身が息遣いを乱し喘いでいるのを感じながら。

潜るなり締めついた膣壁を指腹で捏ね広げる手つきの巧みさに驚かされる。そうして通り道を拵えた人差し指が、ついに根元まで埋まりきり。そこでまた膣の壁、今度は尻側の粘膜を捏ねだした。

（あッ、あァ……いつもはもっとおっかなびっくりで、こんなに深くまで指、入れてきたことなかった……のに……）

堪らず鼻にかかった声を漏らし、腰が弾む。ベッドの軋む音が、自らの艶めかしい息遣いが交わることで、夢の冒頭にも増して生々しく響いてくる。

（あ、だ、だめっ）

夫の人差し指が、ゆっくりと引き抜かれてゆく。慌てて下腹に力を入れ、膣を引き締めた瞬間に指は戻ってきて、結果再び丹念に捏ね擦られることとなった。

「は、ァ……あ、ン……んんぅッ……」

艶めかしい己の寝息を聞きながら、腰の芯にまで響いた甘露の痺れに耽溺する。肉の欲に溺れるほどに、意識は覚醒へと向かう。

（覚めたら、この快感も消えてしまうの？　そんなの……嫌だ……！）

膣への指の出し入れを続ける傍らで、今また左胸へと施され始めた愛撫。強すぎも弱すぎもしない絶妙な圧力で乳房の内へと押しこまれた乳首が、そのまま指の腹で捏ね回されている。

その都度乳房全体に波及する快楽の痺れが堪らなく甘露で、指にほじられる膣から迸っている疼きとも相まって、夢の世界への離れがたさは募る一方だ。

夢から覚めたくない一心で目を瞑った妻の膣洞を、いよいよ速度を上げた夫の右手人差し指が行き来する。指の届く範囲はすべからくはぐされきっていて、もはや擦れるたびに蜜を染み漏らす体《てい》たらくに陥っていた。

指ピストンに伴って聞こえる蜜の攪拌《かくはん》音は当初の〝ぴちゃぴちゃ〟から〝ぐちゅぐちゅ〟という より猥褻な響きに変わっていて、それにすら恥悦を覚えてしまう。

「んッ！　あっあぁぁぁぁッ」

本物の修は決してしない、執拗《しつよう》かつ力強い指ピストン。そのリズムに乗って、負けじと激しい喘ぎが口をつく。

意識はもうすっかり現実に引き戻されていたが、固く閉じた瞼裏にはまだ優しい顔で激しい愛撫をこなす夫が焼きついている。吸われる左乳首にも、ほじられる膣にも甘苦しい快感が続いていたから――そこに没頭してもいただけに、夢から覚めているとは考えられなかった。

そしていよいよその時が、齢二十八にしてまだ一度も経験したことのなかった高みへと至る時が迫ってくる。

（ああ、あっああっ、凄い……。頭も身体も気持ちいい……ッ）

身も心も快感漬けにしてなお余りある悦の塊が、背筋で、両胸の奥で、下腹で暴れ狂う。それがいつしか合流し、腰の芯ただ一点を叩き始め。

左乳首を吸われるたび、膣の内壁をほじられ掻かれるたび、より熾烈になってゆく。繰り返しほじられる膣が、貯めた悦びを蜜という形で噴き漏らし、それがまた突き入る夫の指とぶつかって、一層猥褻な響きを奏でる。

「んんッんッッ、――……ッ！」

枕の上で頭が反り、顎が上向く。とっさに口唇を閉じたせいでくぐもった嬌声が、それでもなお明確な悦びを聞かせた。

夫の右手中指が目一杯に膣洞を抉り、左乳首が思い切り吸われて伸びる。遅れて響いた後者の悦波が、背を伝って下腹に合流し、すでに暴発寸前だった悦塊を叩き。

（なに……か、くる……きちゃうっ）

正体不明のそれは、恐怖を覚える間もなく訪れた。

「つあ！　あッ、ンあッ、あ――ッッ！」

腰から、脳天と足のつま先。上下に向かい連続で、強烈《きょうれつ》な愉悦が突き抜けてゆく。

その都度、制御を離れた女体が痙攣し、蜜を噴く。

（なに、これっ。こんなの……知らない。こんなっ……あああぁ！）

ようやく生じた恐怖は、意識が白むほどの快楽衝動に呑まれて消える。

「あッッ！　はっあぁあっ、っあぁあ……っ！」

人生初の絶頂に咽《むせ》ぶ声が、溢れた喜悦の波に乗ってリズミカルに響く。きつく閉じた瞳に自然と涙が溢れるのを知覚した。

腰の芯を揺さぶり続ける堪らなく甘美な悦波を、必死に双臀を窄めて引き留める。

（あァ……私、今とっても……）

イヤらしい。けれど、満ち足りている。

二つの思いに憑かれた女の顔が、火照り恥じらいつつ、うっとりと綻んだ。

熾烈な恍惚と疲労感が身の隅々にまで染みて、腕も、足もベッドに投げ出した状態から動かすことができない。

（修さんに触れたい……）

喜悦に痺れる手足では成せぬ願いを胸に秘め、未だ胸と股に在る彼の温みを少しでも感じようと意識を巡らす。

息を整えるための深呼吸に伴って、膣洞が窄まり、彼の指を優しく締め愛でた。

「やぁ……」

その恥ずかしくも心地のよい刺激によって、甘い息を吐き漏らした矢先。

両胸と女陰を愛で続けてくれていた唇と指が何の前触れもなく去り、女体に圧しかかっていた重みも失われる。

(嫌……待って修さん、離れていかないで――)

寝た状態のまま切なる想いで伸ばした女の右手が、起き上がろうとしていた男の胸元を掠め、くすぐった。

汗ばみと熱。リアルな感覚が指に伝わり、思わず開いた女の瞳。まだ涙に潤むその視界が捉えたのは――。

「お義父……さん……?」

今目にしているのが現実なのか、それともまだ夢の中に居るのか。判然としないまま、瞳が映した人の名を呟く。

舅は視線が合った瞬間から固まっていたが、呼ばれて一度大きくビクついて、それから観念したように、長い、長い溜息を吐いた。

その間に、まだ半分夢見心地の沙耶が、疲労も色濃い身体を上半分だけ、後ろ手に肘着くことでのろのろと起こす。

姿勢を改めたことで、自然と我が身の状況が目に入ってきた。

上半身は、パジャマと肌着をたくし上げられ、両胸が丸出しとなっている。就寝時着けていたブラジャーが、夢の中同様ベッド下に落ちているのも遠目に確認できた。

露出した両胸には汗とは違う、粘りのある汁が満遍なく纏わりついている。勃ち通しの乳頭も、未だ淫熱帯びる乳肌も覆い尽くしたその汁が唾液であると、漂う臭いを嗅いだ鼻先が真っ先に理解した。

下半身に目を落とせば、ショーツとパジャマズボンが一緒に脱がされてふくらはぎに留まり、両足を繋ぎ止める役割を担っている。

覆うものを失った女陰は未だ絶頂の余韻にヒクつき、蜜を染み漏らし続けていた。その様を見た瞬間、ようやく意識が完全に現実の側へと帰還する。

甘露と身に満ちていた恍惚は、すでに一片も残らず失せていた。

「やっ……!」

代わって溢れたのは、はしたない姿を人目に晒していることに対する羞恥だ。

弾かれたようにベッドの上の尻を後ずらせ、両胸を両腕で、股間を立てた両膝で隠す。それから改めて舅に目を向けた。

腹を空かせた獣を思わせる、息遣いと眼光。異様な舅の様相と、我が身の状況が結びつき、遅ればせながらの猛烈な不安が沙耶の内に吹き荒れる。

(夢の中で修さんと……そう思って乱れていた私を、実際に目にしていたのは……お義父さん……だった……?)

であるならば、乳房を舐り吸ったのも、女陰をほじり愛でたのも、舅なのか。

状況から推察される事柄の一つ一つが、改めて目にした舅の格好——肌着一枚のみ身に纏い、全裸の股間に隆々ペニスを勃たせているその姿によって、確信へと傾く。

(でも……お義父さんがそんなこと……するはずない。そうよ。ありえない)

今日まで築いてきた関係を信じたいという思いが、決定的な言葉を沙耶の喉元にとどまらせる。

「……沙耶、さん」

ようやく放たれた舅の第一声は強張りきっていて、表情もひどくショックを受けたように硬く、青ざめていた。

見ているうちに居たたまれなくなって視線を落とすと、再度彼のペニスが目に飛びこんでくる。暗がりの中にあっても一目で気づいた、幹の黒ずみ。修のペニスとの明らかな違い。それを強く誇示するように、勃起を堅持する肉の幹が脈打った。

怯《おび》えた沙耶が目を逸らすと、視線に気づいていたらしい舅の顔色が一層陰った。

「……すまん」

短くも詫びの気持ちが詰まった謝罪の言葉が、互いの息遣いだけが聞こえていた寝室にこだまする。

（謝るってことは、やっぱりそういうこと……？　でも……ああ、考えたくない……お義父さん、お願いだから今からでも違うと言って）

言い訳しないのは舅の美点。その認識に変わりはないけれど、今はとにかく説明が欲しかった。密かな落胆を気取られぬようにと沙耶が目を伏せた矢先。

「あ……っ」

気配を感じて視線を上げた時にはもう、迫ってきた舅に押し倒される形で女体は再度ベッドに仰向けとなっていた。

上に乗った舅の身体が重しとなり、逃げることは叶わない。

驚き、戸惑い、失望。そうした諸々を伝える間もなく、舅の口唇が再び沙耶の左乳房へと舐りつく。

「やッ!?　あッ、んッ、んんぅぅぅッ」

乳頭を円を描くように舐り回されるたび。

舌先で乳首を押しこまれたり、弾くように弄ばれるたび。

失せたと思っていた絶頂の余韻は、まだ身体の隅に潜んでいたようだ。刺激を受けて見る間に蘇った悦なる痺れは、前回以上の速さで脳天から足の先にまで波及した。

「やっ、めて……やめてくださいッ、あッあァ、んッ」

覚醒した意識と、夢の中同様の肉悦に再び溺れゆく肉体とが、〝舅に夜這いされている〟——目を背けたくなる現実を否応なく理解する。

もう、認めないわけにはいかない。

「酷い真似してるのはわかってる。わかってるけどよォ、収まらねぇ。あんたを抱きてぇ気持ちが、どうやっても抑えられねえんだ……ッ」

左乳首から口離しての慟哭《どうこく》めいた告白と、直後に彼の手に抓られた左乳首に迸った痛切な恍惚。二つ続けざまに刺された沙耶の心が、動揺も収まらぬうちに悲しみに暮れた。

「んぅ！　やっ、やぁぁっ」

それでも女体に巡る恍惚は収まりを見せず。蜜と汗に濡れる尻、腰、内腿のモジつきとなって現れる。

目にした舅の劣情でさらに煽られるとわかっていたのに、卑しい腰のうねりを抑えることができなかった。

言うことを聞かない我が身の状況が、舅の先の告白と重なって思える。

舅も、我慢して、我慢しようと努めた果てに、蛮行に及んでしまったのか。

（だとしたら、いつから。お義父さんはいつから悶々とした思いを抱えていたの？）

共に暮らしていながら、一度もそうした予兆を感じられなかった。

単にどこかで見落としたのか。

（修さん以外の男の人を知らない私には理解できないシグナルを、お義父さんが見せていたんだとしたら……）

根拠のない想像が、自責を育む。だがそれも一時だった。

「はぁッ、あぁ、すまねぇ、沙耶さんすまねぇぇっ」

目をぎょろつかせた舅が詫びながら、腰に触れてくる。──それを知覚した時にはもう、蜜壺へと舅の右手中指が突き潜っていた。

「んぅッうぅぅぅ」

たっぷりの蜜が潤滑油となって、膣口が易々《やすやす》舅の指を呑んでゆく。まさしく夢の中で味わったのと同じ、甘露な痺れが腰の内で迸る中。

罪深くも溢れようとした嬌声を、とっさに自らの指噛むことで押し殺す。

（駄目。ダメだめ駄目ぇぇっ。中ほじらないで、掻き回さないでぇぇっ）

膣洞を進む指の持ち主に涙目で訴える。

だが、組み敷く女体の火照りから昂りを察知すればこそ、舅の指は止まらない。淫夢の再現とばかりに膣壁をほじり、まだ生々しい記憶を呼び起こさせる。

絶頂の味を忘れていなかった膣壁が、あるじの意志を裏切って指に吸いつけば。指はぐるぐると膣内を掻き回す動きに転じ、膣壁はなすすべなく引き剥がされる。剥がされ痺れた端から、再度迫ってきた指に爪弾かれ、腰の芯と脳裏とで同時に白熱が散った。

「はッあああぁッ……ひゃめっ、らめぇぇっ」

勝手に溢れた唾が舌に絡んで、呂律を怪しくさせる。唇が震え、もはや指を噛むのもままならない。

恍惚に耐えようと我が身の左右でベッドシーツを握り締めた両腕。それに、絡まるショーツとパジャマズボンに邪魔されてモジつくほかできない両脚にまで疼きが波及して、悦の震えがひた奔る。

(あ、ああ、また……きちゃうぅぅっ！)

膣内に迸る悦波、早々に再来した悦の高みへの予兆に、もはや抗《あらが》うすべはない。

覚悟を決めた瞬間に、右の乳房が舅の口唇に吸引された。

「んひィッ！　あっあはあああッッ」

吸われ伸びた乳肉に、乳首を舐り転がされる喜悦が充満し。

次いで甘く噛まれた乳頭に、感度増させるための小さな痛みが迸る。

(全部。全部夢の中とおんなじ……！)

だから、次の衝撃も予測できた。

予測し、身構えていたのに——。

勃起乳頭を舌で押し潰しながらの乳輪舐り。ねっとりと幾度も円描く舌がもたらす甘美な衝撃に、身も心も抗えない。

「ひぅ！　やっ、あ！　あァひッ、ァァあァァッ！」

痺れる愉悦が右胸に迸るのと同時に、さらに膣へ の指ピストンが速度を増し、腰の芯より迫り来る悦波がいよいよ最高潮へと達する。

「沙耶さんイクんだなっ⁉　イけッ、イクんだ沙耶ァッ」

初めて舅に呼び捨てされた。その驚きを味わう間も、「イク」という言葉の意味を考える間もなく、随喜に跳ねた牝腰がベッドから浮き上がる。

追って膣に突き戻った指が弾いた蜜汁を、震ぇ喘いだ女陰が嬉々と散らした。

「はひっ、ィイッ、あッあああァァッッ‼」

再来した肉絶頂は意識が明確である分熾烈で、今度は声を殺すこともできない。

最上段で弾けた肉悦は、白熱となって女体の隅々に行き渡り、止め処もない痙攣を引き起こす。

それを愛で眺めるように、指ピストンをし続ける舅の視線は悦び細まっている。彼の膝立ちの脚の間にある逸物《いちもつ》はもはや揺れもしないほど硬く滾り猛っていた。

女体の内を巡る悦波と、舅のペニスの脈動。二つが見事に重なって思えて――。

「ひぅ……ッ。あっ、あああっ!?」

チュポ、と音立てて舅の指が引き抜けた瞬間も、惜別の思いに駆られパクついた膣洞が独りでに再絶頂に至り、蜜噴いた時も。

目を逸らさなければ。そう訴えかける意識に反して、見開き潤んだ瞳で舅の勃起ペニスを見続けてしまった。

ようやくベッドに落ち着いて、それでもなおくねるのをやめられないでいる牝腰。蜜と汗とが染みを作るシーツと擦れては絶頂の余韻を長引かせてしまう卑しい腰に、

「はぁ、あぁ……沙耶さん」

指に絡んだ蜜を舐りながら、舅が再び迫ってくる。彼の右手は、隆々と反り勃つ逸物を握り締めている。

（駄目、来ないで。もう許して……！）

声を大に叫ぶことも、逃げ出すことも、悦に浸かり痙攣しているさなかの女体には不可能だ。組み敷かれた中で幾度も絶頂した身と心に、諦めが広がる。もはや抵抗の素振りすら見せられなかった。

最上にあった悦波が、寄せて返すたび一段、また一段と薄まってゆく。その分だけ勢力増す危機感に目を剥いて、すがるように舅を見つめることだけが、今の沙耶に与えられた意思表示方法だった。

——無論、そんなものが、未だ獣欲で目血走らせている相手に刺さるはずもない。

「……ッ、ァ！」

まだ敏感な腰に触れられ、媚びるように尻がシーツを掻く。その直後にはもう、沙耶の身体は横倒しにされていた。

ベッド上で左半身を下にする格好となった女体の背に、間を置かず身を横たえるた舅が抱きついてくる。

「やっ、あ……んっ」

鼻息に背をくすぐられ、思わず身を縮める。女体に生じた隙は、肉棒が照準を定める好機となった。

舅が自ら握る肉棒の切っ先が、安産型の尻たぶの間から閉じた股下へと潜ってゆく。

「――ッッ⁉　だ、駄目ッお義父さんっ‼」

当たり前に浮かんだ最悪の想像が、ようやく声となり、行動となって拒絶の意志を示させた。何とかベッドから逃げようともがき、懸命に腰をよじって、亀頭の狙いを外そうともする。

――けれど、どれも徒労に終わった。

横倒しの姿勢で動きが制限されたのに加え、ショーツとパジャマズボンが絡まっている状態では、すぐに立つこともできない。未だ肉悦の余韻に震える腰は、すぐに舅の両手に捕まり、くねってもすぐ引き戻されてしまう。

とっさに後ろに伸ばした手をつっかえ棒にしようとするも、一層ぴったり密着され、行き場を失った手は宙を掻くほかなかった。

「あァ……ッ！」

なにより、尻側から股肉を擦り上げ猛進するペニスの滾りと肉感。圧倒的存在感放つそれがもたらす恍惚の疼きが、絶頂直後で過敏な股に鮮烈に響き、逃げるための力を奪う。

惑い足掻く女の心情をよそに、股下から顔を出した肉棒の切っ先が大陰唇《だいいんしん》を擦り上げた。その恐ろしくも甘い衝撃が、またもたやすく悦の痺れを巻き起こす。

「やっあぁっ、やめッ、あッあああぁぁッ!?」

舅の腰が引けてゆく。懇願が効いたのか。

そう思い安堵した直後に、素早く戻ってきた逸物で再度股肉と陰唇が擦られた。強《した》かな衝撃を浴びた襞肉が即座に指ピストンの味を思い出し、はしたないパクつきを披露する。

（駄目、止まって、そんなに濡らしたら……！　入っちゃう、お義父さんの……おちんちん入っちゃうぅぅっ）

内心の懇願を無視して垂れた蜜汁が、亀頭をたっぷりと濡らす。尿道口に浮いていた先走りのツユと溶け合ったそれが、舅が腰を振るうたびニュチュヌチュとイヤらしい音を響かせる。

合わせて生じた摩擦熱と湿り気が、肉厚の恥丘と股下肉、すでに濡れそぼっている大陰唇から、その内で卑しく息づきっぱなしの小陰唇に至るまで染み入り、火照り狂わせてゆく。

「ああ夢みてぇだ。こんな」

「うッ、んんッ、んッッ！　んんぅ！」

陶然とした声漏らす舅の腰遣いに合わせ、噛んで閉じた沙耶の口からもくぐもった嬌声がついて出る。

（はしたない声聞かせたら、お義父さんは余計に止まらなくなる）

理解していればこそ必死に声を抑えたが、それでも滲んだ恍惚と、汗と蜜の混ざった香り。懸命に堪えることで火照りと艶増す女の肌。すべてが牡の欲望の糧と化す。

「聞かせてくれ。後生《ごしょう》だから。沙耶さんの感じてる声、もう一度聞かせてくれよ」

繰り返し囁いて舅が腰振るう。

延々擦りつく勃起ペニスの全貌が、否応なく女の身と心に刻まれる。

往来するペニスの太さ、硬さは息子である修のそれと大差ない。

ただ、長さだけはわずかに舅のものが上回っていた。そのわずかな差が股の肉ビラを擦る圧となって、切々と響いているのだ。

（ああ、またぁっ……我慢、しなきゃ。くぅ……我慢……は、ぁあああ……）

長く熱い肉の幹に擦り上げられるたびに、腰の芯に恍惚の疼きが蓄積する。溜まるほどに焦れ喘いだ尻が揺れ、挟まる逸物を図らずも摺り愛でることにもなった。

「んふぅッんぐぅうっ」

お返しとばかりに、より強く腰を突き上げられ、汗の浮いたヒップがたわむ。肉と肉のぶつかる音が小気味よいテンポで連なるほどに、摺り上げられた肉壺からは蜜が漏れ、垂れる間もなく亀頭に掻かれて弾け散る。

その都度沙耶の脳裏と腰の芯で白熱が散り。

（我慢……ああ、もう……っ、ごめん、なさい……修さん……っ）

合間に浮かんだ夫の悲しげな顔が、間髪容れず訪れた新たな白熱に溶けて消える。

それでもなお下唇を噛み、悔し涙堪る瞼もきつく閉じて耐えることでせめてもの抵抗を示したつもりだった。

結っていない黒髪が、舅の律動に乗じて靡《なび》き、自らのうなじと背をくすぐる。

「後生だ。頼む沙耶さんっ」

靡いたばかりの髪の中へと鼻先を突っこみながら、再度「喘いでくれ」と請う舅。

その彼の左手が、シーツと女体の隙間を縫うように這って、ベッドに半分押し潰れた状態の左乳房を握り締めた。

強く握られた痛み、苦しさを覚えたのは、ほんの一瞬。

すぐに始まった巧みな揉み捏ね、夢の中で散々味わった緩急強弱の使い分けに、瞬く間に耽溺させられる。

素股に興じるペニスとは異なるリズムで弄ばれる左胸が、耐えようもなく甘露に痺れ、その間隙を縫うように膣口を亀頭が小突き上げた。

絶え間ない男の責めが、女芯に、より切なる喜悦を孕ませる。

「ぁあ、だっ、ァあぁッ、ひっあああぁ！」

ついに堪えきれなくなった嬌声が迸る。

「もっとだ。もっと……！」

吠えた舅の右手が、膣の割れ目をまさぐった。

染み出た蜜ごと肉ビラを丹念に捏ねたかと思えば、摘まみ、揉み捏ね、小陰唇を爪弾くように愛でもする。

手練手管に痺れさせられて、さらに蜜漏らした蜜壺がパクつき、舅の指を食まんとする。シーツを巻きこんでうねった腰が、また図らずも舅のペニスを扱き愛で。

（や、あぁ……お義父さんの、ビクビク脈打っててぇ……っ）

火傷《やけど》しそうなほど熱々の幹より伝わる逸物の悦びようが、否応なしに女体を昂らせてしまう。

思わず脚をきつく閉じれば、肉棒との摩擦も増し、カリ首に抉られた内腿肉が喜悦に震わされる。

逃げ道を失った快感が、女体の内でひしめき、ぶつかり合っては弾け、より大きな塊を形成してゆく。

その塊こそが、今夜すでに幾度も味わっている絶頂の予兆に他ならない。

（これ、駄目ッ……このままだとまたッ）

羞恥の極みを忌避するには、無駄とわかっていても舅に乞うしかなかった。

「お義父さっ、お願っ、あァ……!?」

息切らせながらの懇願が終わるのを待つことなく、舅の右手指は蜜壺上端で皮被る肉豆に触れる。

自慰経験もない身であり、性行為の最中に触れられたことも一度としてない部位だったが、摘ままれた瞬間に奔った強い喜悦の痺れによって、「そこを弄《いじ》られると絶対に我慢できない」――肉体が真っ先に理解した。

「や……」

やめてと叫ぼうとするも、また間に合わない。

まずはそっと指腹であやすように、肉豆が包皮ごと捏ねられだす。

「ふぁっ、あっ、あぁぁッ」

女の声に苦痛が混じってないのを確かめてからは、コリコリとした肉豆の芯を潰し捏ねる動きに変わった。

肉の豆――クリトリスが刺激浴びるにつれて隆起し、包皮から顔を覗かせる。そうして無防備となった汁濡れ肉突起が、いよいよじかに挟み扱かれると――。

「ひィッあああァァ!?」

これまでの一段一段踏みしめるように登っていく絶頂とはまるで違う、一足飛びに膨れ弾けた悦波。その熾烈さに、女の腰が壊れたように前後に踊った。

同時に亀頭に擦られた膣口が、溜めこんでいた蜜を噴水のごとき勢いで射出する。

(こ、んなの、駄目……頭、身体もおかしくなるぅぅっ!)

頭の中と腰の芯で爆発した白熱もこれまでとは比べ物にならず、一瞬で快感以外の感覚が喪失した。強大すぎる悦の波に本能的な恐怖が芽生え――それもすぐ、悦の勢いに呑まれて消える。

「あぁ、いい、いいぞ沙耶さんっ、俺ももうすぐ、あぁ、出すぞォ……ッ」

壊れたように踊る女の腰遣いは、挟まるペニスにもたっぷりの摩擦悦を届けていた。呻き混じりの声が、股に擦りつくペニスの忙しい脈動が、彼の身にも絶頂が迫っていることを知らしめる。

直後から舅の腰遣いはさらに速く、我武者羅な動きに転じた。

「んひッ、いィィッッ!」

染み漏れた蜜汁が肉棒に擦れ弾けて、卑しい音色と香りを撒き散らす。

重なるように続いた嬌声が、牡のピストンに合わせてより上ずり、甲高く、頤《おとがい》反らせて鳴くさなか。

腰遣いとは対照的に丹念な愛撫に火照らされた左乳房と、付着した唾が渇きゆくにつれて飢え疼く右乳房。絶頂の高みから戻ってこられなくなった女性器と、その上端で指による扱きにひと際嬉々と震えた勃起クリトリス。

各々状況は違えど淫らな欲に憑かれた全身が、次々に汗を噴いて痙攣した。

（ごめんなさい、ごめんなさい、ごめんなさい修さん……！）

迸る悦びが強いほど、夫への懺悔が胸を衝く。

悔いの涙と、最上の恍惚に伴う嬉し涙とが、共に自然と目尻に溜まって、じき溢れ出す。

その涙と、伴うしゃくり上げを待っていたかのようなタイミングで、絶頂間近の亀頭が膣の口を強かに擦った。

時同じくして舅の手指に抓られたクリトリスから、苛烈極まる痺れが迸る。

「アアッ、またッ、あぁぁッくる、やあああぁッ」

真上を通る肉棒を招くようにパクついた蜜壺《の》が、絶頂に咽びながらさらに一段快楽の階段を駆け上り――胸中の懺悔を押し退けて、甘露の嬌声が轟き渡る。

「〝くる〟じゃねぇ、〝イク〟だ！」

命令口調で吠えた男の逸物が、舐りつくような陰唇の歓待を受けてついに、ぶぐり。ひと際膨れて盛大な脈を打ち、白濁の粘噴水を打ち上げた。

勢いよく飛んだ子種汁はベッドの向こうのフローリングの床へと、ぶつかるように着弾する。

「はひィィィィィィッ！」

弾け散った白濁液の漂わせる生臭い臭気が、極上の悦波に踊らされる女の鼻腔にも届く。それだけで、絶頂の波は勢いを増した。

未だ抓られたままのクリトリスが、痙攣する腰に引っ張られる形でより痛切に哭《な》き、抓る指に吸いつかんと必死に蠢く大小の陰唇がこぞって蜜を吐きつける。

意識が白むほどの衝撃に満たされて、痙攣しては蜜吐く女の股を、なおも牡の逸物が擦り扱く。

「ふあっああっひゃめっ、ひゃらあぁっひィィィィッ……！」

まだ種汁の残滓《ざんし》がこびりつく亀頭で、グリグリと押し擦られるたび。また脳裏と腰の芯が白熱に灼かれ、意識の制御から解放された淫膣が種汁を啜《すす》り飲まんと蠢いた。

陰唇にこそぎ取られた種汁は、しかし、蜜に押し流される形で震える内腿へと垂れ

落ちる。

（あ、あぁぁ……）

それを眺める瞳に浮かぶのは、安堵か、慚愧か、酩酊か。自分でも判別できぬまま、瞬いては涙をこぼす。

「うおォッッ！」

直後、思いきり膣口に押しついた亀頭が脈打ち、再び種を噴く。

膣穴と密着した状態で迸った熱々の粘噴水は、二度目とは思えぬ量と粘り気でもって、淫膣の蠢きを誘発した。

陰唇に重たくへばりつく白濁の残滓が、今度こそ蠢動する膣の穴へと垂れてゆく。

「あひぃッ、いっ、くぅぅぅぅ……っ」

息も絶え絶えの中、牡の熱に浮かされるように、舅の教えに従う。意味もわからぬまま口にした「イク」という言葉は、新たな恥悦となって、絶頂さなかの女性器を後押しする。

大陰唇に食み挟まれ、小陰唇に舐られては白濁噴き上げる肉の棒を、手放す——夫に操立《みさおだ》てるならば当たり前の発想が、この時ばかりは浮かびもしなかった。

数分後。まだ息を整えられないでいる沙耶が天井を仰ぐ中。

ひとりベッドから降りた舅が、床に額を擦りつけ謝罪する。

「……謝って済む問題じゃねぇのはわかってる……っ。許されるとは思ってねぇ……それでも……すまねぇ。すまねぇ、沙耶さん……！」

そう言ったきり、土下座の姿勢を崩すこともなく黙ってしまった舅。一瞬だけ目を向け覗いたその姿は、六十という年齢以上に小さく、惨めに映った。

表情は窺えないが、先の声には強い後悔と自責の念が滲んでいたようにも思える。なればこそ、惨めったらしく這いつくばる姿勢をやめるよう促すよりも先に、問わねばならぬことがあった。

「……どうして。こんなこと……」

はだけた衣服を直す気力も、裸身を拭き清める気力も得られぬ中。

乱れている呼吸に難儀しながら、ようやく声に出す。

まだ、舅を直視することはできなかった。

問いへの答えはすぐには訪れず。一分、二分、時計を見ていないため正確にはわからないが、やけに長く感じた静寂の果てに。

「……ったんだ」

せいぜい一メートルほどしか離れていない沙耶にも聴き取れぬほど、か細い響きが返ってくる。

「……え？」

とっさに聞き返す。この時ようやく舅に目を向けて、ちょうど床から持ち上がった彼の何とも言えぬ表情と対面した。

「……ッ、惚れちまったんだ、あんたに！」

すぐに顔を下げた舅が、床に吐き捨てるがごとく、今度は耳をつんざく声量で告白する。

(惚れ……えっ？)

誰が、誰に——？

問うまでもない疑念が生じたのは、あまりにも予想外の告白だったから。

舅に、異性として意識されていた。想いを寄せられていた。

これまでそんな素振りも感じられなかっただけに、あまりにも現実味がなく、理解が追いつかない。

一方で、舅がその場しのぎの嘘をつく人ではないということは重々理解していた。

(じゃあ……私が……気づいてなかった、だけ……？)

付き合った男性は夫一人である自身が、友人や近所のおばさま方に、〝うぶ〟だの、〝男心に疎い〟だの言われたこともあるのを鑑みれば、可能性を排除できない。

修にしても、生来の人好しな性格と唯一の肉親への信頼の強さを思えば、まさかその父が嫁に懸想するなどとは考え及びもしなかったのではないか。

——だとすれば。

「息子の嫁さんに、こんな気持ちを持つなんて普通じゃねぇ。許されねぇことだ。無理矢理に酷《ひで》ぇ仕打ちをしたことの言い訳にもなりゃしねぇ。卑しい気持ちを堪えられずに、家族を……修も、沙耶さんも裏切った。傷つけちまった……！　……本当に……すまねぇ……ッッ」

未だ床に額を擦りつけ詫び続ける舅。語るほど恥じて震えるその背に向けて、今、何を告げるべきか。

夜這いという愚行に及んだことに対する怒り。

突如の告白を受けたことにより生じた、驚きと戸惑い。

恥と知りながら気持ちをぶちまけたことへの同情と、詫び続ける姿への憐憫。

どれも真っ先に声に出すには不適当な気がして——。

「——荷物まとめて、出ていきます」

何も応えられぬまま、舅の口からの他人行儀な別離の意思表明を聞くに至り、焦りに駆られた。

(早く何か言わないと。お義父さんをこのまま東京に帰してしまえば、きっともう二度と顔を合わせてくれない)

家族としてやり直すことは、できなくなってしまう。しでかした事の大きさを思えば、それは当たり前の帰結なのかもしれない。

(でも……私は、修さんと、そのお義父さんと家族でいたい……!)

たとえそれが〝家族〟という形に強い憧れを持つ自分の、我儘なのだとしても。迷い惑う中で、それだけが唯一揺らがない願いだった。

(だから今、そのことだけでも伝えなきゃ……)

意思表明し終えた舅がのそりと立ち上がって背を向ける。

去りゆく彼を呼び止めるための時間は、もうほとんど残されていない。

なのに——まだ大陰唇にべっとり付着していた舅の種汁が、身震いに乗じて腿の方へと伝う。その煩わしさにも邪魔されて、発するべき言葉は頭の中で一向にまとまらなかった。

2

八月三十日、午前九時十二分。

夜勤を終えて自家用車で帰宅途中の修は、折悪く下りてきた遮断機に阻まれる形で踏切手前で足止めを食っていた。

この時間の遮断機は、あと十分は開かない。

単線区間であり、最寄り駅で下り列車が上り列車と行き違うのを待ち合わせるための時間として十七分も割り当てられているからだ。

時間がかかると知っていればこそ、日頃は遮断機が下りる数分前には通過するよう心掛けていたのだが――。今日は早番勤務者への引継ぎ事項が多く手間取った結果、ギリギリ間に合わなかった。

(でも、今から迂回するのもな)

線路さえ越えてしまえば、自宅までは五分とかからない。その事実が、一瞬湧いた「迂回」という選択肢を回避させる。

今、頭を悩ませている事柄をこの機に思案するのもいい。そんな考えも、遮断機が上がるのを待つという選択に寄与した。

カンカンと鳴り続けている警告音を意識に留めつつ、前の景色を眺め、しばしの物思いに沈んでゆく。

「子ができて初めて、親はスタートラインに立てる、か……」

口をついて出たのは、今朝がた、長期入所中の老人から言われた言葉だ。

入所前は地元で町会長を務めていたというだけあって、他人に助言することが習慣づいているのだろう。お喋りで聞き上手な彼と世間話に興じる中で、子がまだないことを話した、その流れで放たれた言葉。

それは、常々の悩みの種とも関連するだけに、修の心を揺さぶった。

(両親にも祖父母にも先立たれた沙耶さん。子供好きで、保育士は天職だって言ってた沙耶さん。そんな彼女の、早く子供を欲しいという願いの強さは、間近で見てきた僕が誰より知ってる)

だから、妊活に励む妻への協力を惜しまずにいる。

だから、沙耶ほど前のめりになれない己を恥じ、包み隠してきたのだ。

(子供が欲しくないわけじゃない。小さな家族が増えたら……想像するだけで胸が躍るし、沙耶さんの喜ぶ顔だって目に浮かぶ。……でも)

まだ二十五歳の心と身体が、愛妻と二人きりの時間をもうしばらく過ごしていたいという〝我儘〟を捨てられずにいる。

(でもそれを言えば沙耶さんは悲しむに決まってる。それは嫌だ。……だから)

口にせず押し殺す。我儘を堪えるだけで、すべてが上手くいく。

――けれどそうした気遣い、遠慮こそ、沙耶を欺いていることになりはしないか。

(ならやっぱり、正直に話したほうがいいのか。でも、この一年間頑張ってきた沙耶さんに、保育園の仕事を休んでまで妊活に没頭してる沙耶さんに。妊活の成果が出ないと悩んでる沙耶さんに、今さらどんな顔をして言える……?)

結局いつも通りの堂々巡りに陥った。

――結婚する前、まだ子供のことを意識せずにいられた頃は、沙耶に気持ちを隠す必要なんてなかった。そんな時が訪れるなんて考えもしなかった。

(あの頃の僕が、今の僕を見たら、なんて言うだろ)

きっと「何より大事な沙耶さんを泣かせるなんて」と怒るだろう。

「……親父も、きっとそうだろうな」

常々沙耶のことを褒めてやまない父。

今よりずっと結婚も初産も早かった時代に、三十路《みそじ》になるまで子宝に恵まれなかった父。

(それでも病弱の母と協力して僕を生んでくれた。……子宝に恵まれようと奮闘した頃の、そして子宝に恵まれた後の父は、どんな気持ちだったんだろう)

恥を晒すようで情けないが、似た状況を経験している父の意見を聞きたい。

(ただ叱られるだけかもしれないし、仮に聞けたとして、今のこの胸の内が変わるかわからない。それでも今の、沙耶さんに嘘をついてるような状態を変えられる可能性が、少しでもあるのなら)

考えれば考えるほど、恥を晒す選択へと心は傾いていった。

第四章　夫の父にほだされて

1

徹次による夜這いがなされたあの夜から一か月と少しが経ち、日中こそまだ日差しが強いものの、朝晩は涼しく感じられるようになった十月最初の日曜日。

五時に起床して朝食準備。出来上がる頃に姿を見せる修と共に朝食をとって、食後の熱いお茶を飲みながらしばし談笑したのち、早番勤務の彼を六時半前には送り出す。それから今度は舅に声をかけ、朝食をとってもらう。その間に庭に洗濯物を干し終えて、最後に、食べ終えた舅の分も含めた家族三人分の食器を洗う。

朝のルーティンをこなした沙耶は、グレーの長袖カットソーに黒のボトムスという格好でひとりリビングに腰下ろし、テレビの情報番組を眺めていた。

その胸の内には、すっかり平穏な日々を取り戻せたとの自負がある。

(あの夜のことは忘れる。その約束を、お義父さんも守ってくれているから)

夜這いされた自分も、夜這いした舅もあの夜はなかったものとして互いに振る舞い、元通りの〝家族〟になろうと努めてきた。だからこその平穏だ。

一度は東京へ帰ると告げた舅だったが、思いとどまり、元通りの気さくで冗談の言い合える〝家族〟として居続けてくれている。

『ごめんなさい』

夜這いの夜、きっぱりと告白を拒んだことで、老いらくの想いを吹っ切ってくれたのか。さすがに、じかに問いただすわけにもいかないが――。

半時間ほど前の、午前十時頃。日課となって久しい散歩に出かけた彼の姿。その表情も立ち振る舞いも、夜這い以前、本当の父同然に慕った頃と何ら変わりがないように沙耶の目には映った。

(これでよかったのよね。これで……二度とあの夜みたいなことは起こらない)

舅を信じていればこそ、希望的観測が湧き起こる。

修の腰の具合は、本人の申告通り大したことなく、九月に入ってすぐに子作りも再開している。未だ妊活の成果は出ていないが、焦りは禁物。

(修さんと私の赤ちゃん。お義父さんにとっては初孫になる子。子供さえ生まれてきてくれたなら、きっと。……きっとすべてがうまくいく)

根拠のない希望にすがることで、無理矢理に前を向いている。妊活の成果が出ない焦りと苛立《いらだ》ち、夜這いされてから日毎に蓄積する身体の疼き。都合の悪いものすべてから目を背け続けている。そのことにまだ気づけずにいた。

2

昼前に車でスーパーに出かけた沙耶と入れ違いで帰宅した徹次は、締め切った自室に長袖作務衣姿でこもるや、この日も尽きぬ悔恨に苛《さいな》まれた。

手塩にかけて育てた一人息子と、その嫁。怪我を負った独居老人を案じて引き取ってくれた二人の献身と信頼を裏切った。欲に憑かれて、取り返しのつかないことをしてしまった。

その後悔は、ひと月以上過ぎた今も薄らぐことなく胸に突き刺さり続けている。

(俺には、沙耶さんとも、修とも、一緒に居る資格はねぇんだ)

だからこそ事後、断腸の思いで沙耶に「家を出る」と告げた。

その選択は間違ってなかったと、今でも思っている。

けれど彼女の返答は――。

『……今夜のことは、お互いに、忘れましょう』

〝家族〟という枠を壊したくはない。

早くに両親を失い、育ててくれた祖父母も不慮の事故で失った沙耶の、涙ながらの懇願を無下《むげ》にできなかった。

(家族が欲しい。そんな人並みの願いすら踏みにじった俺を、まだ『お義父さん』と呼んでくれた。終いには気丈に、無理矢理笑顔まで作って)

『……ごめんなさい』

ぼそりと告げられたそれが、横恋慕《よこれんぼ》への返答だということはすぐにわかった。

(沙耶さんのほうがずっと傷ついてるだろうに、あんな……っ)

——あんな、哀しい顔をさせたかったわけじゃない。

事の翌日、目を合わせると一瞬身体を強張らせつつも、すぐに努めて笑顔で出迎えてくれた沙耶。

(次の日も、その次も……今朝だって。あの夜からずっとそうだ)

目にするたび痛々しさを覚え、己が犯した罪の大きさを改めて突きつけられる。

(俺がしでかしたことを思えば、元通りなんて土台無理な話だ。それでも沙耶さんは努力してくれてる)

——父親を信じている修に哀しい想いをしてほしくない。

あの夜、そうも言っていた沙耶。

彼女がどれだけ修を愛してくれているかがわかって、嬉しさがこみ上げた。横恋慕し夜這いした身で言えることではないが、一人息子に幸せになってもらいたい。その気持ちは今も確かに在る。

(なのに……どうしたって思い出しちまう。二ヶ月前に触れた沙耶さんの肌の温もり。無理矢理にだがイかせた時の蕩け顔と喘ぎ声。散々吸った乳首の感触も、俺の手の中で形を変えた柔乳も。物欲しそうに指に吸いついてきたマ◯コの感触もだ)

すべて峻烈に脳裏に焼きついていた。夜眠る時のみならず、ただ瞼を閉じただけで思い出されて、その都度勃起を免れない。

そして今、当の沙耶が留守の機会に乗じて、ひと月以上守ってきた禁を犯そうとしている。

(家族に戻ろうと頑張ってる沙耶さんの想いを裏切る行為だ。わかってる。なのになんでッ、なんでコイツはこんなにも硬くなってンだッッ!)

妻が生きていた頃はもちろん、亡くして以降も、一時修のためにもと後添《のちぞ》えを迎えるべく奮闘した頃にだって、これほどの性的欲求に駆られたことはなかった。

五十を過ぎてからは性欲もとんとなくなり、自分でも枯れたと思いこんでいた。それが今、内に溜めきれなくなった性欲を自慰で解消しようというのだ。

(沙耶さんの願いを受け入れたんじゃあなくて。忘れる気なんて毛頭ねぇから、俺ぁ、恥知らずにも居座ってるんじゃねぇのか⁉)

自ら勘繰らざるを得ないほどに、沙耶への想いは深く還暦の心身に根差している。沙耶以外の女性を自慰の代償にしようとしても、肉棒はピクリともしないのだ。その事実をどれだけ恥じようとも、募る恋しさを抑えることはできなかった。

「沙耶さん……っ」

名を呼ぶだけで彼女本来の穏やかな笑顔が思い出され、胸が掻き乱される。

(……初めて会った時から、いい子だな、とは思ってた)

だがそれはあくまで〝息子の嫁〟としてだ。

結婚式後の二次会でのやり取りを経て彼女への好感度は増したが、それでも〝息子の娶った人〟の範疇を飛び越えることはなかった。

転機が訪れたのは、一緒に住むようになってから。特に何か大きなきっかけがあったわけではない。普通に接し、触れ合う中で自然と惹かれた。

(次第に、息子の嫁さんだと何度言い聞かせても収まりがつかなくなった。とっくに枯れたと思ってた性欲まで、戻ってきやがって)

ただ肉欲に憑かれているだけ――そうも思ったが、沙耶を想い自慰した後は決まって思慕が増幅した。

(なんでこの年になって今さら恋なんか。どうしてよりにもよって沙耶さんに)

老いらくの恋を恥じ、叶わぬ想いを抱いたことを毎日悔いた。

沙耶にも修にも気取られぬよう平静を装っていたが、一日の半分以上を介助者である沙耶と二人で過ごす。置かれた状況が、思慕を断ち切ることをより困難にした。

逆に日を追うごとに増す思慕に耐えきれなくなって、八月の半ば、初めて沙耶をネタに自慰をした。

(十ウン年ぶりのセンズリだった。あん時の腰が抜けるかと思うほどの快感……)

射精後は必ず罪悪感に苛まれる。にもかかわらず、病みつきとなってしまった。

沙耶への思慕を忘れなければいけない。――忘れたくない。

自慰の悦楽に身をゆだねるたび、天秤は後者に傾いていき。

ギプスが取れてからは、日中は極力出歩くようにした。家に居て沙耶と顔を合わせ続けていると、気持ちを抑えることができなくなると思ったからだ。

だがそれも、後の祭り。すでに身に収まらぬほど膨れていた思慕の暴発を、少しばかり遅らせたに過ぎなかった。

（沙耶さんは家族が欲しくて、修との子が欲しくて頑張ってるんだ。そう、頭じゃわかってたのによォ……）

同じ屋根の下で子作りに励んでいる様を夢想しては、修を己に置き換えて何度も自慰のネタにした。終わった後の罪悪感はすでに、一時のブレーキとしてすら機能しなくなっていた。

――そして今も。このまま欲を蓄積させれば、また沙耶を襲いかねないとの危惧を抱いている。沙耶にだけ向く情欲の苛烈さと、それに抗えぬ己の弱さを思い知っているからこそ、作務衣のズボンとトランクスを下げる手を止められない。

「……ッ！」

身を覆うものを失くして観念し、胡坐《あぐら》をかいた脚の間で反り勃つ肉棒、すでに張り詰めきったその幹が、右手で直接握っただけで嬉々と脈打つ。

「……すまねぇ……すまねぇっ、沙耶さん……」

懺悔を重ねても、扱き始めた肉棒に奔る恍惚は失せない。

愛しい女を穢す行為だと思えども――否、思えばこそ、勃起を扱く手つきは速まり、甘い痺れと化した喜悦が腰の芯を穿《うが》つ。

「はぁ、ア……ッ」

酷暑の中締め切った室内に、しゃがれた喘ぎが染み響く。卑しく盛《さか》った肉体に滲んだ汗と、盛る肉棒が放つ牡臭さとが混ざり、より卑しく香って室内に満ちてゆく。

それらを意識せずに済むほどに、記憶の中の沙耶の艶姿は蠱惑的だった。

（……寝姿を見るだけ。それだけで、やめるつもりだったんだ……）

だが無防備な寝姿を実際に目にすると、もう少し見ていよう、触れるだけなら、まだ起きないのならもっと際どい部分を触っても——醜い欲求が次々溢れ、止まれなくなった。

（パジャマを捲ればブラに包まれた乳が覗けた。乳を揉むと寝息に甘い声が混じる。それが堪らなくて、もっとイヤらしく鳴かせてェ……ブラを脱がせて乳首に吸いつけば、すぐに願いが叶った。そんな状況で……後先なんて考えられなかった）

修が不在の夜という状況を好機と捉え、手籠めにする——眠る想い人の半裸体を弄るたび溢れ返る欲望に、抗おうとさえ思えなかった。

最初はシャンプーとボディソープの香りを漂わせていた沙耶の裸身が、愛撫を施すほどに蜜の匂いに塗り替えられてゆく。眠る横恋慕相手を犯す。卑怯だと自覚してはいても、それ以上に膨らみ続ける〝征服〟の実感に酔い痴れた。

『ふぁっ、あっ、あぁぁッ』

健気《けなげ》に咲いていたクリトリスを捏ねた時の、惑いながらも歓喜に溺れていく様は、何度思い出しても肉棒を滾らせる。

おそらくほとんど弄ってないのだろうと推測したクリトリスを、指で挟み扱いて絶頂にまで導いた。あの時の優越と満足感は〝叶わぬ恋〟と理解しているだけに忘れ難く、自慰のフィッシュに思い浮かべるのも大抵はこの場面だった。

(……もう一度)

あの喜びを味わえたなら――。

(馬鹿な。何考えてんだ、ありえねぇ。俺はもう誰も裏切りたくねぇんだ！)

願望は罪悪感に掻き消され、しかしまたすぐに蘇って肉棒の滾りに寄与した。

そもそもこうして自慰のネタにしていること自体がすでに裏切りじゃあないか。そんな嘲笑を、心の中でもう一人の自分が放っている。

「はぁ、あぁぁ……っ」

内なる嘲《あざけ》りから目を背けんがため。ペニスを扱く手の圧が強まり、強制的な昂りを施す。――忘れ難いあの夜、沙耶の身にしたように。

行使中の手淫と、二ヶ月前の夜の所業とを結びつけ、また脳裏に彼女の艶声が響く。

『アアッ、またッ、あぁぁッくる、やあああぁッ』

三度目の絶頂に怯えつつも、逃れようのないそれに呑まれていった沙耶。その、言葉尻に向かうにつれて甲高く、艶も増して響いた嬌声。嬌声のリズムに乗って穿《ほじ》るたびに、締めつき、うねり蠢いて指に吸いつかんとする、温い蜜壺。

至悦への予兆たる悦波に溺れながら、押しつくたび摺りついてきた肉厚のヒップ。吸いつくような乳肌が手の内で自在に形を変える様。

吸うほど、押し捏ねるほどに健気に隆起した乳頭。

確かに甘露と鳴いていた沙耶の蕩け顔。

(どれもこれも忘れられねぇ、……忘れ……たく、ねぇっ、沙耶さん……!)

正直な想いが胸を衝き、滾る肉棒の糧と化す。

「ああ、俺も……イクッ、沙耶さんっ、沙耶……ッッ」

記憶の中の彼女と肌寄せ合っている気になって、虚空に向け訴えた。

沙耶の蜜に濡れた内腿で素股に興じたあの時とは柔らかさも温みも桁違いに劣る、ただただ精を搾るための摩擦。それに屈した肉棒が、もうじき白濁を噴き上げる。

限界を察して手元のティッシュ箱から取ったペーパー数枚を、亀頭に重ね被せる。

「おッあァァッ!」

直後に、随喜の痺れと共に迸った白濁が噴きつけた。

二ヶ月前の夜には想い人の柔らかな下腹と性器にぶち撒かれた精液が、今、あえなくティッシュに吸われてゆく。

それでも、沙耶の内腿と性器の温みと感触を思い起こしながら放った精液は延々噴き続け——被せたティッシュはあっという間にふやけてしまう。

慌てて追加でティッシュを被せ、なおも噴きつけ粘性汁の受け皿とした。

（あぁ、沙耶さん……）

精が放たれるたび腰の芯を揺るがす恍惚の痺れが、回を重ねるごとに一歩、また一歩と遠ざかる。被せたティッシュと指越しに感じる射精の勢いも衰えてゆく。

それらに反比例して、沙耶への思慕が胸に溢れる。

「忘れ、られねぇよ……」

脳裏をよぎる、愛しい女の笑顔と艶姿。男手一つで育てた我が子の笑顔。双方の板挟みとなって、還暦男の心は揺らぎ続けていた。

3

「はい、間宮です」

スーパーの買い出しから戻って、玄関をくぐるなり鳴り響いた固定電話の音に驚きつつ。沙耶は買い物袋を受話器に持ち替えて名乗った。

「あ、沙耶さん？　お久しぶり、宮野《みやの》です」

返ってきたのは、五か月前まで毎日聞いてた声。休職中の勤め先である尾野郷保育園の園長を務める五十路女性、宮野きよ子《こ》の声だった。

「園長先生!?　お久しぶりです」

相手の穏やかな口調に懐かしさがこみ上げ、応じる声も自然と弾む。

「その後体調にお変わりはない？」

「はい、おかげさまで。……妊活の成果は……まだ、出てないですけど」

元々親身に接してくれ、一年という長期間の休職も快く許してくれた大恩ある人物。心を許した相手だからこそ、デリケートな事情もすんなりと話してしまえた。

「そう……。でもまだ若いんだから、諦めなければきっと大丈夫。授かるわよ」

「はい。頑張ります」

純粋な励ましが沁みる。夜這いされて以降沈みがちだった気分に、晴れ間が覗いた

——そんな気がして、思わず。

「子供たちは、元気にしてますか？」

聞けば、顔を見たくなる。保育園で一緒に過ごす時間が恋しくなる。わかっていたのに、浮かれた口が止める間もなく尋ねてしまった。

「ええ、もちろん。みんな、今日も元気に走り回ってますよ」

小さな身に余る元気を放出すべく駆けずり回っている子供たちと、それを窘《たしな》め、時に一緒になって遊ぶ同僚の皆々。五か月前と変わらぬ光景が目に浮かぶ。

そうして案の定、無邪気なあの子らに会いたくなる。

そんな心情が電話越しに漏れ伝わったわけではあるまいが——。

「それでね、沙耶さん。今日はね、実は、お願いしたいことあってお電話したの」

「お願い……私にですか？」

休職中の身に願うこと——真っ先に思い浮かんだのが、〝復職〟の二文字だ。

だが、どうもそういう話ではないらしい。

「その、あなたのお舅さんに頼みたいことがあって」

園長の口から遠慮がちに舅の名が出た。驚くと同時に、忘れかけていた不穏が胸をまさぐる。そのせいで、すぐには言葉を返せなかった。

「毎年十月の末に、大北《おおきた》さんに年長組さんの一日講師をお願いしてたでしょう？」

一日講師として招かれたボランティアの初老男性が、メンコやコマといった昔ながらの遊び道具のレクチャーをする。その行事は確かに毎年十月末頃に行われていて、招かれる人物はいつも――沙耶の知る五年間は少なくとも同じ人物。保育園の近くに住む独り暮らしの、今年で七十二になる老人が務めていた。

「……はい」

だが、それが先の「舅へのお願い」とどう繋がるのだろう。疑問は続く園長の言葉ですぐ氷解した。

「その大北さんが体調を崩されて、東京に住むお孫さんのところへ行っちゃうことになってしまったのよ。急な話だったから他に講師を頼める人がいなくてね……。困ってたところに、沙耶さんのお舅さんが、そういうの得意だって伺って、お電話したわけなのよ」

(そういうこと……)

園長の順を負った説明で、合点がいった。

以前舅が近所の幼児たちにコマの回し方を教えたり、竹とんぼを作ってやったことがあった。今の子にしてみれば物珍しい玩具は案外好評で、居合わせた親や祖父母も懐かしがっていた。

一時期うちの子にもとの依頼が数件舞いこむほど近所に広まったその話が、園長の耳にも入ったのだろう。

「それで……どうかしら。お舅さん、保育園に一日講師として来ていただくのは……急な話で申し訳ないのだけれど、今年も再来週、三十日の金曜日に行う予定なの」

大北さんの体調急変と転居の知らせを受けたのが、なにせ昨晩のことで――と続ける園長の声は申し訳なさげで、責任感の強い彼女が受話器の向こうで困り果てた顔をしているのも目に浮かぶ。

他に引き受け手がないとも言っていたことから、藁にも縋《すが》る思いで電話してきたのだろう。

毎年子供たちが楽しみにしている行事であるだけに、中止という憂き目は避けたいという園長の気持ちは、共に保育に励んだ身としても痛いほどわかる。

「お舅さんの足の具合のこともあるでしょうし、無理なら気にせず断っていただいて大丈夫だから」

「いいえ、足のほうはギプスも取れて、もうすっかり元気なんです。一人で歩き回れるくらいで……」

世話になった人に対して嘘はつきたくなかった。

「そうなの。それは、よかったわねぇ」

八月の夜這いは、舅の足が自由になったおかげで発生したと言えなくもない。だがそんなこと知る由もない宮野園長は、まったくの善意から舅の快方を喜んでくれているのだ。

頭ではわかっているのに心が引っかかってしまう。

（お義父さんは保育園の場所を知らない。普通に考えたら、私が案内……保育士のみんなや園児たちとの間を取り持つ意味でも、一緒に園まで出向くことになる）

行き帰りの道中、狭い車内で——日常ではない状況で二人きりになることを思うと、身体が竦《すく》んだ。

（お義父さんも〝家族〟に戻ろうとしてくれてる。そう……信じてる、はずなのに。……本当は信じきれていなかった……の……？）

己の心が急にわからなくなった。その不安に加えて、行事を楽しみにしている子供たちの気持ちに向き合えないことが心苦しい。心境は顔色の陰りとなって表れた。

「なら……お舅さんの意思確認、お願いしていい？」

顔色は電話越しに伝わらない。

できたら来週中には返事が欲しい。続けて話す宮野園長の声からは、行事開催の望みを繋げた喜びと、その期待を確定に変えたいがゆえの焦りが読み取れた。

(開催は月末、講師が代わるなら保護者への通知もしないといけない。急いで当然だわ。……だから、断るのなら今……言わないと。……でも)

思い悩む脳裏に、ひと月前の記憶——不器用にコマ回す近所の子を慈しみ見守る舅の姿が浮かび上がった。

『時代が変わっても、変わらんものもある』

しみじみ漏らしていた舅の姿。それは、家族として誇らしく、微笑ましく、愛しく思えた姿でもある。

(私と修さんの間に子供ができたら、きっと同じような顔で〝お爺ちゃん〟してくれるだろうな……)

家族の未来予想図に、すでに居て当たり前となっている舅。

父母を失くした幼少期から願い憧れた家族像。そこへと繋がる希望を心は常に欲していた。

(子供を見つめる、優しい〝お爺ちゃん〟。あんなお義父さんをもう一度見れたら)

——そうすれば、自覚したばかりのこの心の壁をなくせるかもしれない。すぐには無理でも、きっかけになってくれればいい。

細く狭い希望を見出したが最後。藁にも縋る思いは、瞬く間に膨れてゆき——。

「……わかりました。お義父さんに確認、取ってみますね」

声に出して意思を伝える頃には、わずかばかりの高揚感すら覚えていた。

「ありがとう沙耶さん。それじゃあお願いね」

事情知る由もない宮野園長が弾む声で礼を言う。

そのことに心苦しさを覚えつつも、今日中に電話で返事すると約束した。

4

通話を終えたその足で舅の居室である六畳間へと向かう。程なくして仏間隣の部屋の障子戸前に着き、気を落ち着けようと深呼吸を二度した。

「……お義父さん、いらっしゃいますか？」

意を決して発した声は、自分の耳で聞く限り、平時と変わらない。震えも怯えも滲んでいなかった。密かに安堵して、返答を待つ。

声をかけられ驚いたのか、室内でガタッという音がして、それからしばらく間が空いたが、障子戸が開き、舅が顔を出す。

「……おう。なんだい」

目を逸らしたまま短く答えた彼。その表情は夜這い後に見せたのと同じ、気まずさと申し訳なさを前面に出した痛ましいものだった。

普段の自分であれば、なんと声をかけるか悩むところだ。しかし今は用件がある。だから気後れはしたものの、迷わなかった。

「さっき私の勤めている保育園から電話があったんです。それで――」

悩まずに済むのをいいことに事情をつらつら述べていく。今月末、保育園の一日講師を頼まれてやってくれないか、というところまで話し終えて息をつく。

舅は沈痛な表情を俯かせていたが、瞬きの増えた眼差しに迷いが覗いていた。

「私も同行しますから。お願い、できないでしょうか」

同行を申し出た途端、強張りの増した彼が瞼を伏せる。それは拒絶の意思表示というよりも、何かに怯えているように見えた。

(でも……このままだときっと断られてしまう)

生じた焦りは、即座に声となり紡がれた。

「子供たちと、お義父さんと、一緒の時間を過ごせたら私……変われる気がするんです……っ。だからお願いします……！」

内に溜めていたものを吐き出すにつれ、語気が強まる。

その気勢に押されて意を決したようにも、追い詰められたようにも映った舅。唇噛んで眉尻をたわめ、言葉を探している様子の彼に、期待と、気持ちを押しつけたのではとの懸念。相反する感情を同時に抱かされた。

——そして。

「……沙耶さんは、それで、いいのか？」

幾ばくかの静寂ののち、舅が発したのは同行の意思を再度問う言葉。

これが最後の確認だ。そんな気配を察して顔を上げ。

「……っ、はい」

声の震えを必死に抑えて返答する。

「……わかった」

次いで短くも、確かな許諾の意思を舅の口が発した。

5

一日講師の約束を取りつけた、その日の夜。沙耶は修と定例の〝妊活〟に臨んだ。

修の腰痛が癒えるのを待って再開してから、十一度目となる子作り——。

「あっ、あぁ……っ、修、さんっ……」

正常位で繋がる夫の背を抱き締めて、互いの身体をぴったり密着させたうえでキスを重ねる。性交開始前からいつもの倍は重ねた口づけは、そっくりそのまま彼への思慕の強さ。期待の強さの表れだ。

キスの嵐の効果は抜群で、修はいつになく激しく愛してくれた。

(胸が。……寂しい)

ピストンに集中するあまりに乳房への愛撫が皆無なのは歯痒かったが——。

「沙耶さん、いいよ。凄い……っ……」

夫が子作りに溺れてくれている。可愛らしく喘いでは腰振るう姿を眺めることで十分に相殺された。

「ンッンあぁぁッ……!」

口づけをまた重ね、喜悦に牝腰がうねる。

はしたなくも両脚を夫の腰に絡め、膣のより深い部分を擦ってくれるようせがんだ。

(もう少し、ほんの少し奥を突いてもらえれば。私……)

ひと月以上前に舅に味わわされたあの熾烈に過ぎる恍惚——絶頂という名の悦びの、裾野にようやく手がかかる気がしていた。その矢先。

「はぁ、あッッ、沙耶さん、もう出るよッッ」
「え……っ⁉」
また目を閉じて、迫り来る射精欲求に耐えていた夫が限界を口にする。
(駄目。待って。あと少しで私も一緒にイケそうなの。だからお願い……！)
——もっと、頑張って。
懸命に腰振るう夫に向けて、告げることはできなかった。
——あとほんの少し奥を突いて。
膣洞の一番感じる部位を、優しい彼が擦ってくれることはない。
(修さんと結ばれて間もない頃、一度奥を突かれて私が痛がったから)
今はあの頃とは違うのに。
けれどその違いを認識させたのは、舅。
彼の荒々しくも丹念な指ピストンが教えてくれたこと。
夫にせがんで勘繰られたら——そう思うと結局口を噤《つぐ》むほかなかった。
(やぁ……もう思い出したく、ないのに……っ)
ペニスが遠慮がちに膣の浅い部位を擦るたび、舅の指使いが思い出される。
直進するだけの夫のペニスよりも、よっぽど喜悦を運んでくれた、舅の巧みな穿りを思い出しては渇望に駆られてしまう。

(身体がおかしくなっちゃってる)

強すぎる快感を教えられてしまって、どこかのタガが外れてしまった。なにかが壊れてしまった。そんな恐怖が、さらに悦を遠ざける。

「うァッッ」

結果、今回もまた先に果てた夫の陶酔顔を見つめ。

「あっ、あぁぁ……」

思わず声に滲みかけた失望を、恍惚としてキスせがむ彼に気取られぬよう慌てて隠す。そして至福に酔うふりをした。

夫を欺く。その後ろめたさに心灼かれながら重ねたキス。

「ン……ふ……ぅ……」

単純に舐りつくだけの夫の舌遣い。それもやはり、乳首を舐り捏ね回した舅の舌の巧みさに遠く及ばない。

唇を重ねるだけで覚える幸せは確かに今も在るのに——夜這い以前のように耽溺することができなくなっていた。

(でもそれは私の身体がおかしくなったから。修さんが悪いんじゃない)

舅の手によって卑しく変わったという事実が、夫に今以上を求めることを阻害する。そうする限り、今後も同じことが繰り返されるとわかっていても。

(言えない……)

今夜も結局、哀しい決意は揺るがなかった。

「今日の沙耶さん、凄かった……」

ペニスを抜いた修が発した感嘆すら、「どうして急に」「なにかあったんじゃないの」「まさか他の男に」と責められているように聞こえ、心苦しい。そうとしか受け取れない己が心の歪みが哀しい。

「……ん。恥ずかしいわ」

渦巻く自己嫌悪を、照れ顔で誤魔化し、また罪悪感を招き寄せる。

「それで、その……これ。まだこう、なんだけど」

妻の嬌態を目の当たりにして隆々と、一度出して萎えることもなく反り勃つ肉棒を目線で指し示し、夫が二回戦を請う。

——愛する人との子供が欲しい。その目的からすると喜ばしいことだ。

「……あ……」

夫から求めてきてくれたこと自体久しぶりだったから、自然と心からの笑みがこぼれた。もう一度続けて愛してもらえたら、今度こそ絶頂に至れるかもしれない。そこまでゆかずとも裾野にでも触れられれば。

（修さんと愛し合えてる。その嬉しさで充分だった、前の自分に戻れる）

そう、信じていたかった。

「……うん。じゃあ……このまま、すぐする？　それとも一度お口でする？」

夫の好きな口淫奉仕《フェラチオ》を挟めば、きっと、より期待に近づけると思ったから。

言葉尻に向かうに従い早口となって選択を投げかけた。

「え、と。じゃあ……お口で。お願いします」

照れはにかむ修の姿は、変わらず愛しい。

そんな彼に尽くしたい、彼の子を宿したいと切に願うがゆえに——。

「うん」

頷く女の顔は、妖艶に微笑んでしまう。

6

十月三十日、金曜日。一日講師当日。外は雲一つない快晴で、秋の盛りとは思えない強い日差しが照りつけている。

だが講習の場である園内の小ホールは空調も良く、快適そのものだ。

「みんな、こんにちは」

長袖Tシャツの上に園指定の桃色エプロンを着け、ジャージズボンを穿いた沙耶が講師に先駆けて登場すると、体育座りして待っていた園児たちから歓迎の声が飛ぶ。

「さやせんせー！」「おかえりー！」「せんせい、またいっしょにあそぼー！」

久々の交流ということで密かな緊張があった沙耶だったが、それも嬉しい言葉の数々によって瞬時に霧散した。

「みんな、ありがとう。今日はお昼までだけど、一日講師のお手伝いをさせてもらいます。一緒に楽しく遊ぼうね」

心よりの感謝を表明し、かつて常勤時によくしていた小さなガッツポーズを作って見せる。見覚えあるしぐさに園児たちが湧き、率先して拍手が巻き起こった。保育士に促されてではない、子供らの素直な気持ちの表明に、こみ上げるものがあった。

(ああ、やっぱり私、この仕事が好きだ)

久方ぶりの充実感を噛み締め、思う。

自然と生じた目一杯の笑みを捧げると、それ以上に眩《まばゆ》い無垢な笑顔が次々に咲く。

「それじゃ今から、メンコとコマの遊び方を教えてくれる先生を呼ぶよ～」

小さな笑顔の数々に向け語りかけると、「はーい」の大合唱がもたらされた。

「沙耶先生のお父さんなんだよ～」

調子を合わせて補足してくれた同僚保育士の女性に、目配《めくば》せと、ぺこりと頭下げることで感謝して。

「間宮、徹次先生です」

ホールの外廊下に待機してもらっていた舅を呼び寄せる。

程なくして、今日は長袖ワイシャツにスラックスという出で立ちの彼が、園児たちの背中側にある扉を開けて姿を見せた。

白髪の下の厳めしい容姿に驚く子、興味津々に目で追う子。屈み並んだ子供の列の脇を通り過ぎて正面と回りゆく舅への反応は様々だったが――。

「はい、こんにちは！」

沙耶の横に並ぶや放った第一声。その明るい響きもさることながら、顔をくしゃくしゃにして喜びを演出する舅。元の厳めしい顔とのギャップと、わかりやすさが、園児らの心を瞬く間に捉えてしまった。

「こんにちはー！」

年長組でも一番やんちゃな子が、つられて大声で返事する。

「お、良い返事だ。爺ちゃんも負けないぞ。こんにちは！」

腹から声を絞り放たれた「こんにちは」に、今度は次々と元気な返事があった。

やはり舅は子供の心を掴むのが上手い。

「それじゃ、まずはメンコからやってみようか？」

スラックスのポケットに忍ばせておいたメンコを取り出して見せ、子供の反応を確かめつつ進行する舅。基本ではあるが自然にこなすそのさまに感心する。

同時に、楽しげに喋る彼の姿に喜びがこみ上げた。

(強引に誘って申し訳なかったけど……でもよかった)

久方ぶりの園児との触れ合いで活力をもらえた自分と同様に、舅も心からの笑顔を取り戻せている。そう思えたから――進行を見守り、時に補助する沙耶の心は期待と希望で満たされていった。


メンコの遊び方に始まり、コマの回し方を教え。最後には、今日のために舅が人数分自作して持ちこんだ竹とんぼをみんなで園庭に出て飛ばし、飛距離を競った。

計一時間半。一日講師は大盛況のうちに幕を閉じた。

講師としての役目を終えた後も、秋の運動会で年長組が乗る竹馬の補修、建付けの悪くなっていた戸の修繕など善意でこなした舅は、園児からも、保育士からも最上の評価を得て、園を去る際は総出での見送りも受けた。

宮野園長からは早くも「来年もお願いしたい」との言葉を賜っている。

「今日は本当にありがとうございました」

帰路に就いて間もなく、赤信号で停まった車中にて。運転席の沙耶もまた、後部座席に座る舅に感謝を伝えた。

運転席と後部座席左側という物理的な距離感こそ、行きの道中と変わりない。

だが、子供たちと交流する中で会話もし、共に楽しく過ごし、笑顔も交わせたことで、心の垣根は取り払われた。

そう信じるがゆえの嫁の言葉に対し、舅も肩の力の抜けた穏やかな笑顔で応えてくれた。

「いや、礼を言うのはこっちのほうだ。今日は本当に楽しかった。……ありがとう、沙耶さん」

「お義父さん、やめてください、そんな」

深々頭を下げる舅の姿をバックミラーで確かめ、慌てて後ろを向いて制止する。

そのうちに信号が青に変わり、また急ぎ前を向いて車を走らせた。

「……子供に囲まれて嬉しそうにしとる沙耶さん、立派に保育園の先生しとる沙耶さんを見れて、良かった」

照れ臭くも嬉しい言葉をかけられて、この時ばかりは舅が隣の助手席ではなく後ろに居ることに感謝する。

(照れてる顔をすぐ横から見られてたら、余計恥ずかしくて運転どころじゃなくなっちゃいそうだもの)

でも、これでようやく互いにあの夜——夜這いのことを忘れられる。

また、気兼ねのない〝家族〟に戻れる。

車中に流れる穏やかな空気感が、そう思わせる。

「私も……子供たちと接するお義父さんの笑顔、また見られて嬉しかったです」

素直な気持ちを伝え合えたその先に、また平凡でありふれた日常が、幼き日より憧れた〝家族〟の日々が待っていると、信じたかった。

「沙耶さんと修の間に生まれてくる子は幸せだな。きっと、人の痛みのわかる優しい子に育つだろう」

我が子とその妻の幸せを願う舅。そうとしか思えぬしみじみした物言いと、慈しみ溢れる表情。バックミラーに映りこむ彼のさまが、一層の期待を抱かせる。

我が子を抱いて喜ぶ夫と、初孫を抱いて喜ぶ舅。想像した二つの笑顔はやっぱり似ていて、二重に沙耶の心を湧き立たせた。

(早く初孫を見せられるよう、頑張ります)

一度は告白を受けた相手に、そう告げてしまっていいものか。悩みあぐねているうちに、再び舅が口開き——。

「俺が居ちゃ、修と沙耶さんの妊活の邪魔になる。だから……明日、東京に帰るよ」

沙耶の期待とは正反対の道筋を告げる。

(……ああ)

驚いてしかるべきなのに、来るべき時が来たと思えてしまう。

舅ならきっとそう言うだろうと、心のどこかで予感していたからだ。

それでも、すぐに応答することはできなかった。

7

同日夜。遅番で帰宅した修にも、舅は自らの口で東京へ戻る旨を伝えた。

「どうしてそんな、急に」

仕事着のまま話し合いに臨んだ修が食い下がる。

「急じゃねぇ。前々から考えてたことだ。足ももう万全、仕事仲間も待っててくれてる。……これ以上ここで厄介になるわけにゃいかねぇよ」

「それは……そうかもしれないけど。でも、明日にでも帰るってのは急過ぎだろ？」

気持ちの整理がつかないよ。まだいろいろと連れて行きたい所もあるんだ」

出来たての料理に箸をつけることもなく、父子は顔を突き合わせる勢いで互いの気持ちをぶつけてゆく。

「修。お前も沙耶さんも、こんな老いぼれに十二分に尽くしてくれた。申し訳なくなるぐれぇにな。だからもう……その気持ちだけで充分だ。ありがとう」

申し訳なさと感謝。二つをない交ぜにした複雑な顔で舅が言う。

「……ッ。そんな顔されたら、何も言えなくなるじゃないか……」

感謝されたくてしたわけじゃない。気兼ねのない笑顔で交流できる日々が楽しくて、嬉しくて、だから何の苦もなかったんだよ——。

よっぽどそう告げたくて、でも今の舅に告げるべきでないこともわかっているから、口噤む。まったく同じ気持ちでいるがゆえに、修の気持ちが痛いほど沙耶には理解できた。

「でも、明日はやっぱり急すぎるよ。帰りの新幹線の席はまだ取ってないんだろ？　だったら、せめて土日はゆっくりしていってよ」

「いや……」

「引き留めようっていうんじゃない。ただ、改めてちゃんと感謝を伝える場を設けたいんだ。そのためにあと二日だけ、頼むよ親父」

言い募る息子の心情を無下にもできず。しばし目を瞑り、無言を貫いていた舅。瞼が観念したように開き、再び声を絞り出したのは、静寂がたっぷり五分以上は続いたのちのことだった。

「……わかった」

「ありがとう！　実は前から連れて行きたかった温泉宿があるんだ」

安堵の笑顔で告げた修の口ぶりは言葉尻に向かうにつれ熱を帯びてゆく。

「ほら、沙耶さんも覚えてるでしょ。去年の今頃に二人で行った……」

「岬沿いの旅館よね」

話を振られて、記憶をたどるまでもなく思い当たった。

昨年夫婦二人で足を運んだ、高知の南東にある岬沿いの温泉宿。

自然の緑に囲まれていて、部屋の窓からは岬の灯台と太平洋が望める。少し足を延ばせば磯の香りが鼻を突く港もあり、新鮮な魚介を用いた料理も美味。肝心要《かなめ》の温泉も広々していて、露天風呂から眺める太平洋も壮観だった。

「旅館へ行く途中、神社に寄って安産祈願のお守りももらったわね」

たまたま目に留まり立ち寄ったのだが、境内からの景色と、その時吸った空気のおいしさが、共に強く印象に残っている。

「うん。あそこの景色も最高だった。空気も澄んでて、おいしかったなあ」

修もまた同じ感想を抱いていた。嬉しく思うのと同時に、あの空気をまた——記憶を掘り起こした沙耶の心にも渇望が点る。

「明日はちょうど僕、休みだから。三人で一緒に行こうよ」

修は明るく告げた。それに対し、沙耶も遠慮がちに頷くことで同意する。

第二の故郷と定めた高知の絶景と新鮮な料理、温泉。安らぎの時間を父と過ごしたいという修の気持ちも、舅の内情も知るだけに迷ったが、すでに舅が土日の滞在は了承済みという点を鑑みて、改めて同意の意思を声に出す。

「本当に、山菜も魚介も美味しいんですよ。家族風呂を予約すれば、熱燗持ちこめますし」

「そりゃ……楽しみだ」

応じる舅の声は少しぎこちなかったが――。

「今日のお夕食も、お宿の料理には及びませんけど、晩酌つきですからね」

しんみりするより、楽しい思い出を作って別れるほうがいい。そんな思いで告げた。

「じゃあ、今日は僕も飲もうかな」

夫が調子を合わせてくれる。

「修と一緒に飲むのも久しぶりだな」

そのおかげもあって、ようやく舅の顔から強張りが取れた。沙耶が準備しておいた杯を配ると、男二人がにんまり笑顔を突き合わせる。

「でも、明日もあるんですから。ほどほどにですよ」

台所の主の苦言も何のその。熱燗を要求する舅も、それを見守る夫も目を細め、喜びを表していた。

もうじき同居する形ではなくなるけれど、この穏やかな空気を感じられる限り〝家族〟で居られる。――三人とも、そう信じていた。

普段は一滴も酒を口にしない修が、今宵ばかりは惜別の想いと、し足りぬ父への感謝を酔いに任せてぶち撒けようというのもあって、一時間ほど飲み続けた。

結果、今は食卓に座ったまま、うつらうつら船を漕いでいる。

晩酌の合間に沙耶が予約を済ませた温泉宿に向けて明朝九時には自宅を発つ予定であり、道中の車の運転は夫婦が交代で行うと取り決めてもいた。

現時刻はまだ午後九時半前だが、夫の酔いぶりを見るにつけ、早々に床に就かせるべきとの判断に傾く。

「修さん、そろそろ」

——ベッドで横になったほうがいい。

遠慮がちに告げようとする沙耶の機先を制する格好で、

「お開きにしようや。なんたって明日もまた飲めるんだからよ」

赤ら顔になりつつも、まだ意識のしっかりしている舅が終宴を宣言した。

「それじゃあ私、修さんを二階まで連れて行きますね」

夫と舅に勧められるまま飲んだ沙耶だったが、元々酒に強いのもあって、ほろ酔いで済んでいる。確かな足取りで立ち上がり、修の介助を申し出た沙耶に対し、舅は感謝を口にした。

「……今日は、本当に楽しかった。ありがとな」

ふらつきながら立った夫の背を支える沙耶に向け、再度感謝の声がかかる。昼間、保育園での一日講師を終えた後にも聞いた台詞。しみじみとしたその口ぶりに寂しさが滲んでいる気がしてならず、舅を振り返り見てしまう。

宴会中、感謝を伝え頭下げる舅に対し、夫と自分が「こちらも助かったことが多々ある」と感謝し返したこと。そこから延々頭下げ合うことになり、状況の可笑しさに終いには揃って吹き出してしまったこと。

楽しい宴席の記憶一つ一つが、名残惜しさに拍車をかける。

「……父さん……今日は、ありがとう」

妻に肩を貸されながら、目を覚ました修が呟いた。

いつもの〝親父〟ではなく、〝父さん〟。おそらく幼少期、修は父親をそう呼んでいたのだろう。

「修は、酒に弱いのだけが玉に瑕だな」

沙耶の予想を裏づけるように、返答する舅の眼差しも声も、幼子を慈しむような優しさに溢れていた。

(親子って、父親っていいな、やっぱり)

物心つく前に父を亡くし、父親代わりだった祖父も亡くしている沙耶にとって、それは胸温まるのと同時に羨望を禁じ得ぬものだった。

パジャマに着替えてから二階の寝室に戻った修は、妻の手も借りてようやくといった様子でベッドに横たわった。

「ん……うん。ありがと、沙耶さん。重かったよね……ごめん……」

泥酔していても気遣いを忘れない夫に対し、らしさを感じると同時に、少し呆れてしまう。寝室に向かう前に二杯ほど水を飲み、トイレも済ませた甲斐あって、修は吐き気や眩暈《めまい》を訴えることもなく、足取りが不確かなこと以外は落ち着いている。

さらに、慣れたベッドの匂いがよかったのか、早々に寝息を立て始めた。

(温泉旅行、お義父さんに同意してもらえて安心したのもあるんだろうな)

伴侶の安らかな寝顔に安堵して、そっと顔を寄せ、定例のキスをした。

ほろ酔いの唇に、ピリリと辛い酒の味が染む。名残惜しくも唇を離した後、思わず舌舐めずりしてしまう。そうしてまた仄かな酔いを身の内に蓄え、独り寝室を出て階下へと足を向けた。

二十段もない階段を下りながら、また宴席での会話を思い出す。舅が保育園での一日講師が楽しかったと上機嫌で語った、その話の流れで「早く孫の顔が見たい」と告げた時のことだ。

(その話の間中、修さんは……愛想笑いを浮かべるばかりだった)

照れているのかとも思ったが、考えてみれば、夫婦間で子供の話をする時も、同様の表情で、先に意見を述べた妻への同意を示すことがほとんどだった。彼の方から主体的に意見を述べた事例は、記憶にない。

そのことに思い至った時同様のショックが、今再び女の胸に突き刺さる。

(私だけが妊活に前のめりで……修さんはそんな私に気を遣って合わせてた……だけだったの……?)

憶測に過ぎない。一方的な思いこみかもしれない。実際のところは修自身に聞いてみなければ、わからないのだ。

(でも、もし想像した通りだったら……?)

不安に駆られ、どうしても問いただせなかった。

——自分たち夫婦は、いつからこうなってしまったのだろう。

恋人としてつき合っていた頃は、ありのままの気持ちを伝え合えていたはずだ。

それが結婚して家族となり、互いを尊重する気持ちを強めていく中で、いつしか遠慮が生ずるようになっていた。

「……はァ……」

悩ましい心情の整理がつかぬまま、嘆息すると同時に階段を下り終える。重い足取りで再びリビングに顔を出すと、室内はもぬけの殻。ほぼ空になった鍋や食器、空き瓶などが食卓に残されているだけだった。

(お義父さんは……もう部屋に戻って、眠ってしまったの……？)

終宴宣言した時の彼の姿が思い返されて、ますます寂寥《せきりょう》が強まる。

それでも、食卓の後片付けはせねばならない。だがその前に少しでも酔いを醒ましたほうが、安全かつ効率的と判断した。

まだ尿意はさほどでもなかったが、出しておけば多少は醒めるはず。宴《うたげ》の後の寂しさに単身佇む状況から逃れたい気持ちも相まって、トイレに向かうと決めた。

そうして廊下に出て歩むこと、十数歩。

目的地に向けて廊下の角を曲がってすぐ、奥にあるトイレのドアが全開になっているのが目に留まる。戸の向こうからは明かりが漏れ、白髪の後頭部が覗いていた。トイレの戸を開けたまま、舅が立って小便をしている。状況を認識した瞬間、沙耶は全身がカアッと火照るのを感じた。

(酔ってるせいでドアを閉め忘れた……の？)

息子も、その嫁も二階に上がったという油断から、面倒臭がってドアを閉めなかったのかもしれない。

理由はどうあれドアによる遮断が為されてないせいで、小便が便器の水溜まりを叩くギョボギョボという音が生々しく響いてくる。

鼻を突くアンモニア臭まで嗅ぎ取れそうに思え、口の中に溜まった唾を飲む。

平時であればすぐに場を去るという選択ができるのに、なぜか今はその音に引き寄せられるように、足を前に進めてしまっていた。

(駄目。そうじゃない、引き返すの……早く！)

心が警鐘を鳴らすも、ほろ酔いの身に上手く浸透していかない。己が心の全容が掴めず、沙耶が下唇を噛む。

時同じくして、舅の背がぐらついた。

「お、とと」

ただ単によろけただけなのか。

口ぶりからして、大事ではないのは確かだった。

「お義父さんっ」

それでも、気づけば駆け寄り、舅の背にしがみつく形で支えていた。

「あ……？　さ、沙耶さん、か⁉」

酔っているせいで接近に気づかないでいた舅が、驚き強張った声を絞り出す。危機感から密着した沙耶にしても、とっさの行動を上手く言葉にすることができず、しばし、小便が便器の水溜まりを叩く音だけがこだまする。

「あ……の。おしっこ……修さんは座ってするんです」

何か言わなければと焦ったがゆえ。小便に意識を引きつけられていたがゆえの、頓珍漢な発言。当然、舅は何と答えればいいのか、惑い悩む素振りを見せた。

その間に小便が止まり、舅が自ら握る肉棒を上下に振る。尿道口から振り落とされた尿飛沫が二滴、便器の水溜まりに落ちて波紋を広げた。

気まずさに憑かれつつも一部始終を目で追った沙耶が、また唾を飲む。その音がやけに大きく響いた気がして恥じ入る一方で、生唾飲んだ理由自体は未だ自身では解明できずにいた。

変なことを口走ってしまったことを謝る余裕もなく、舅の腰に絡めた左右の腕、どちらも少し伸ばせば、男性器に触れられる。その事実が頭の中をぐるぐると回り続けていて、舅から身を離すという選択肢にも至れずにいた。

「そ、そうなのか。言ってくれりゃ俺だって」

座るように心掛けたのに、と続けたかったのだろう舅が口ごもる。それは背に密着する女体の息遣いと熱量から、何かを感じ取ったから。

少なくとも女体の主はそう理解した。

「あ、と。その前に戸を閉め忘れてたな、すまん。独り暮らしが長いもんで、つい横着しちまって」

いつになく長い言い訳を連ねつつも、彼の視線は己が股間へ。そこに触れたくて、でもまだ迷い足掻いている女の十本の手指へと注ぐ。

「……っ、ご、ごめんなさいっ」

舅の視線を感じてようやく彼の腰から手を離そうとするも、慌てたのが災いして前につんのめり、再び彼の背に抱き着く羽目となる。

背に当たる乳房の感触を受けて、舅の手の内で硬くなりだした逸物。尿を出しきってふにゃふにゃだった幹が、熱い芯棒を注入されたかのように膨れ、反ってゆく。その変化から、どうしても目が離せなかった。

(あ、駄目……これ、駄目……胸がドキドキして……私また、おかしくなってる)

酔いの中で自覚するも――やはり抑制することは叶わない。

どこか現実味のない夢見心地。淫夢に溺れていた時と酷似した心地が、自然と夜這いの記憶をも手繰《たぐ》り寄せ、三度達したあの絶頂の記憶が心身に巡る。

(酔ってる、から?)

あるいはあの夜の、人生で一番の快感がどうしても忘れられなくて――。卑しい願望の可能性を打ち消そうと首振るも。

『惚れちまったんだ、あんたに!』

老いらくの恋を告白した時の舅の苦渋の表情が、今まさに肉欲を堪えようと努めている姿に重なって映る。

「酔ってんだろ? な、沙耶さん」

そうであってくれと願いながら、舅は仄かな期待にも憑かれている。夜這いの夜と同じくギラつき始めた彼の眼差しと、荒い息遣いが何より如実に物語っていた。

「修と、子供と幸せになる。それがあんたの願いなんだろう!?」

懇願めいたその叫びからも、揺れ動く舅の心情が窺えた。

(その願いは、私だけの、勝手な願いだったかもしれないんです)

溜めこんだ胸の内を吐き出すことは叶わず。代わりに日々見慣れた、気遣いに溢れた夫の姿が思い浮かぶ。その気遣いの裏には、遠慮がある。そう思いこむことで膨れ上がった嘆きが、火照り揺らぐ女の背中を押しかけるも――。

（修さん……ああ、やっぱり駄目。こんなこと……）

夫の悲しむ顔を想像すると、酔いに任せ肉欲に傾倒しつつあった心に、急ブレーキがかかる。入れ替わるように、胸の内を罪悪感が占拠した。

「ごめんなさい……」

この場に居ない夫と、目の前の舅に詫びて身を離す。今度は足もよろけず、トイレのすぐ外にまで後退した。

（危うく間違いを犯すところだった）

夫を愛しているのに。身体の不満なんて些細なこと。そう、思っているはずなのに。

（子供のことだって、私が勝手に思いこんでいるだけ。聞けないでいる私が悪いの）

後悔と羞恥、懺悔。負の感情に支配されて俯いた。

だから、その間、舅の心情がどう動いたのかはわからない。

「……ッ!?」

けれど、手を引かれた。

火照り狂った舅の手に握られたことで、一旦は鎮静に向かった女体の内なる熱が再度盛りだす。

舅の行動に驚き、我が身の浅ましさにも驚いて顔を上げると、目の前にあの夜と同じ——切なさに歪んだ男の顔があった。

「……すまん。やっぱり俺ぁ……離れたくねぇ。この気持ちは、酒のせいじゃねぇ」

——今すぐに逃れないと、抱き締められてしまう。

予見し、実際にそう動こうと身構えてもいたのに、今にも泣きだしそうな舅の顔から目を離せない。

(抱き締められたら、またおかしくなる、私の身体、自制が利かなくなる……！)

それも理解していたのに。

「あ……っ」

強く抱き締める腕の逞しさに、ほだされてしまう。

ほっとしたようでいて、嘆き悲しんでもいる舅の涙顔が、なお心を掻き乱す。

思春期の男子さながらの昂奮ぶりを誇示する、丸出しの勃起ペニスがジャージに押しつく。衣服越しにも鮮烈なその熱量と硬さに惹きつけられ、三度生唾を飲みこんだ。

同時に日中、保育園から帰宅後に密かに目撃した光景が脳裏に蘇る。

『沙耶さん、やっぱり俺ァ……ああ、ちくしょうッ』

やるせなさを吐きつけながらも自室で自慰に励んでいた舅。

障子戸越しの声を聞きつけ、不審に思ってそっと覗き見たその光景に、息を呑んだ。

やはり舅は恋心を捨てられずにいた。それゆえに東京へ戻ると言ったのだ。

（私が原因でお義父さんは……）

舅の心情を思うと、胸が手掴みされたような苦しさに見舞われる。

一方で、舅の手淫から目を離せなかった。

（私の名を呼びながら、おちんちんを擦ってる）

汗だくで励む舅の体臭。牡臭い匂いが、締め切られていた六畳間に充満していて、嗅ぐうちに彼の熱が伝染したように女体が火照り始め——。

（お義父さんの頭の中で、私はまたはしたなく喘いでるんだわ）

想像すると余計に、眼前の自慰行為を食い入るように観察してしまう。

名を呼ばれるたびに胸が高鳴り、腰が疼く。

激しく扱かれる逸物の先端から先走りのツユが滴るのを目撃し、気づけば内腿に左手を挟んでいた。

（私も、あんなふうに……この左手と、お股を擦り合わせれば……）

夫の性交渉では満たされずに蓄積した悶々を、解消できるだろうか。

だが、覗き見ながら自慰をする、そのはしたなさに耐えられず。しばし逡巡《しゅんじゅん》したのちに断腸の思いで左手を引き抜いた。

忍び足で場を離れ、胸の高鳴りと、全身に波及した火照りとが収まるのを待つ。

肉の欲を理性で無理矢理に抑えこんだその時の、もどかしさとやるせなさが、今また沙耶の胸内で暴れ狂っていた。

「今あんたを抱けるチャンスがあるんなら、今しかねぇなら、俺ァ……逃したくねぇ。……もう我慢……したくねぇんだっ」

その叫びが、女体の訴えと合致してもいたから。

父と慕った人の今にも泣きだしそうな顔に、ほだされる。

父性を感じるごつごつした手が、女体を抱き締めたまま引き立てた。向かう先は、考えるまでもない。今拒まなければ、もう引き返せなくなる。

（わかってる、のに……）

肉欲の火照りと、それに乗じて深まる酔いが、こぞって理性を遠ざける。

愛する夫との子が欲しいという積年の夢も、今だけは歯止めの役目を果たさない。

8

作務衣のズボンを穿き直した舅に手を引かれ訪れた六畳間は、日中目撃した自慰行為の時ほどでないにしろ、舅の匂いに満ちていた。

沙耶が匂いに意識奪われている間に、舅が自ら布団を敷き。促されるまま布団の上に腰を下ろした沙耶は、舅の手で衣服を脱がされ、下着姿にされた。

ブラもショーツも飾り気のないものだったが、偶然にも夜這いされた時と同色という点が、舅をさらなる昂奮に陥れた。

「沙耶さん、綺麗だ」

白いブラカップに包まれた丘陵二つと、やはり白い布地に覆われた股間の肉付きとを交互に見つめ、感嘆する舅。発せられた台詞が、いつぞや修が発した誉め言葉と一言一句同じであったことに驚かされる。

それでようやく胸を手で、股間を膝立てた両脚で隠そうとするも、一歩遅かった。

「あっ」

機先を制した舅の手によって両膝を開かされ、M字開脚を余儀なくされる。膝の間へと頭潜らせた舅が、ショーツにくっつきそうなほど接近した鼻をくんくんと鳴らす。

「やっ……そんなところ嗅いじゃ駄目……っ」

強い羞恥に襲われたのは、すでにそこがいやらしい匂いを放っていると気づいていたから。期待して漏らした蜜がシミとなっていると知られるのを恐れたからだ。

だが、そんな羞恥など序の口だと、すぐに思い知らされた。

「ふぁッ⁉」

舅の鼻先がショーツに押し当たる。その衝撃も冷めやらぬうちに鼻筋にまさぐられて、ショーツの奥の股肉が恥悦に浸かる。

吹きかかる舅の鼻息がくすぐったい。だが、むずがるより高揚が先行する。

とにかく愛でてもらえるのだと、女体が本能的に理解していた。

「沙耶さん、キスするよ」

告げられてドキリとする。

(駄目。キスは、唇は修さんとだけ……)

不貞を犯している現状で何をいわんや、だが——それでも夜這いの時も手つかずだった唇は、未だ夫だけのもの。その意識は根強く、拒絶の視線となって舅に向かう。

「そっちじゃねぇ、ココにだよ」

苦笑した彼は、指さすのではなく、唇で吸いつくことで〝ココ〟がどこなのか示してみせた。

「……ン！　やぁ、ん……」

ついばむように幾度も、ショーツの前面にキスの雨が降る。

物理的なくすぐったさもさることながら、視覚から得られる照れも手伝って女の腰が悩ましくうねった。

それにより生じた尻と布団の隙間を見逃さずに舅の両手が迫り来る。大きなその手のひらに尻肉が揉みほぐされ、腰ごと引き寄せられると内なる煩悶が増す。

「ひっ、あ、やぁぁっ」

尻の谷間にショーツを食いこませるようにしたり、その食いこみを上端から引くことで尻谷と擦り合わせたり。忙しく働く舅の手の為すがまま、新たな悦を孕まされる。むず痒くも、切なくもある肉の疼きは、尻側のみならず股間にも迸っていた。

(ショーツ、私の股間をお義父さんの舌が、ぁァ、舐って、る……！)

ショーツごとついばまれた女陰が、歓喜に打ち震え、蜜を染み漏らす。それにより一層貼りついたショーツが、より鮮烈に舌遣いの巧みさを伝える。

ショーツ越しに陰唇の割れ目が判別できるようになると、舅の舌は舐りつく動きに転じた。上から下へ、下から上へと延々舐られる膣壺が、恍惚に震えてまた蜜漏らす。

「あっ、んっんんあっあああっ」

舅の舌は時に陰唇を食むように、折に触れて勃起クリトリスを舐り転がしてもゆく。

(あ……あァ、今の……イイ……気持ちいい……！)

力強い圧と微細な動きを兼ね備えた舌愛撫に、免疫のない女体はたやすく溺れた。

気づけば自ずと腰を浮かせ、舅の口元に股間を押しつけてさえいる。

腰が浮いていても、尻を舅の両手に抱き寄せられているため、横や後ろに倒れる心配はない。安心して快楽を貪れる状況が、一層女を積極的にさせた。

「ぢゅッッ」

ついにショーツが吸収しきれなくなって溢れた蜜汁を、舅の口が啜り飲む。ショーツごと強く吸い立てられた陰唇が、嬉々と痺れ、至悦への階段をまた一段駆け上がる。

「ぅンッあああぁぁっ」

漏らした端から蜜が啜られる。その都度陰唇に響く振動は、確かに恍惚そのものだ。

けれど、まだ足りない。指で穿られた時の快感を覚えている膣内が、ひっきりなしに疼いて求めてしまう。舅ほどの手練《てだ》れなら、そのことにも気づいているはず。

(なのに、ああ、また、ぁぁっ)

なのに、舅の両手は尻を揉み、舌は割れ目を舐るついでに上端に咲いたクリトリスを爪弾いた。

「うぁうっ、うぅ、あっああ……やぁぁ……っ」

弾かれた勃起クリトリスに迸る痛烈な痺れも、甘露には違いない。けれど、夜這いの夜のように継続的な刺激が欲しい。クリが震え、すでに離れていった舅の舌を追うように牝腰がうねる。

それも、舅の手に尻を捕まえられている以上、儚《はかな》い抵抗でしかない。

「マ○コの奥を舐ってほしいか？」

明らかに見透かしている舅の物言いに、心臓が飛び出る思いがした。マ○コ、という呼称に馴染みはなかったが、それが女性器を指すということを文脈から理解する。

（ほしい……！　舐って、ほしい！）

心の内で鸚鵡《おうむ》返しに叫び連ねる。

だが実際に声に出そうとすると、喉につかえて言葉にならない。修との情事により根付いた〝遠慮〟が、この期に及んでも顔を覗かせた。

「してほしいことを言ってくれ。俺はあんたの願い通りにするから」

舅が顔を上げ、優しく語りかけてくれる。

蜜でべたべたの口唇が生々しく、直視すると赤面を余儀なくされた。

「セックス中にしてほしいことを伝えるのは、恥ずかしいことじゃねぇ。大丈夫だから、教えてくれ沙耶さん。あんたは、俺に、どうしてほしいんだ？」

舅は、あえて問うている。いつになく意地悪な手口だ。

けれど対照的に幼子を諭すような物言いが、グチャグチャにもつれた糸を一つずつ解くように、拗《こじ》れた女心に作用する。

（恥ずかしく、ない。だいじょう……ぶ。してほしいこと……教えたら、きっとずっと、気持ちいい……）

逡巡していた口蓋が、唾液の糸を引きながら、のろのろと開いていった。

「ア……て」

「言わないと、お預けだぞ？」

焦れたわけでもあるまいに、完璧なタイミングで放たれた宣告が駄目押しとなる。

（それは嫌！　ああ早く言わないと。もう……我慢なんてしたくない）

こびりついた〝遠慮〟を引き剥がして、舌が躍った。

「マ……マ○コの中、舐ってください……前に指で穿ってくれたみたいに、ホジホジ、グリグリしてください……！」

勢いづいて叫んだあと、二階で寝ている修に聞こえたのではないかとの不安に襲われる。だがそれも、ほんのひと時だった。

「わかった」

常日頃同様の朗らかな笑顔で答えた舅が、右手で濡れそぼったショーツを脇に寄せる。露出した膣唇が早速期待を伝えるべく蠢動した。

我が身の卑しい挙動に羞恥する間もなく、待ちわびた快楽が訪れる。

「ンぅッ！　あっアアア⁉」

蜜にまみれた陰唇の裂け目に、たやすく舅の舌が突き潜る。

修より舅のほうが舌が長い。そのことを、今まさにまさぐられている膣粘膜がまざまざと思い知る。

舌を突き入れることで陰唇へと吸着した舅の口唇が、また蜜を啜る。膣内の襞肉が歓喜に震えれば、それを待っていたかのように舅の舌先が舐りつく。

そうして余計に溢れた蜜が、舅の穿るような舌遣いに乗ってグチュグチュと卑猥《ひわい》な攪拌音を奏でる。

（恥ずかしくて、顔から火が出そうだわ。あぁ、でも、でもこれぇっ……）

願った通りの展開に、女体は膣壁を蠢かせ、歓迎の意を表すことで応じた。

（これが欲しかったのォッ）

遠慮していたのが馬鹿らしく思えるほどの、甘美な痺れと疼き。肉の悦びが膣内に敷き詰められていく。

「胸が疼いてきたら自分で弄るんだ」

舌愛撫を一旦止めて、舅が告げた。その息遣いに煽られ、蜜に濡れた恥毛が靡く。くすぐったさによじれるよりも先に、愛撫中断による飢えが股間を見舞った。

「～～っっ、わかりました、から、あぁ、もっと舐めてっ、お願いィィっ」

訴えを舅が聞いてくれるまでの繋ぎとして、言われた通りに自らの手で胸を揉む。ブラジャー越しの刺激では物足らず、逸る手でホックを外す。ブラを布団の脇に放り投げると、即座に乳肉を揉み潰す勢いで指をうずめた。

(はぁ、ァ……いい……胸も、気持ちぃ……っ！)

舅ほどではないにしろ力ずくの圧迫による悦が胸に轟く。圧に合わせて形を変える自分の乳を見下ろすと、被虐的な悦びまでもが到来する。乳房の柔らかさと深さ、それを弄ぶ楽しさを、今さらながら知った。

「いいぞ、沙耶さん。もっと、あんたのはしたない姿を見せてくれ」

夜這いした時同様の血走った目と、けだものじみた息遣いを携えて、舅の舌が再び躍った。音立てて啜られた恥肉《ちにく》が悦びに震えたのもつかの間。目一杯に突き入った舌肉に膣襞肉がまさぐられる。

(これ……！　そうよ、この感じ……っ！)

夜這いされ、指で穿られた時のことを思い出し、期待孕んだ膣洞全体が収縮した。

してほしいことを伝える。そうすることで、より気持ちよくなれる。

学んだばかりの方程式が、すんなりと心身に溶けこみ、声を上げさせた。

「はぁっあァ……おっ、お腹の中まさぐられる感じっ、好きっ、好きです……！」

まみれた恥悦を、自ら乳房を捏ねくることで増長させる。

乳首を摘ままれ身動きの取れない双乳の代わりに、下腹部が小刻みに震えた。その波に乗って、汗が臍穴《へそ》へと垂れる。

するとすぐさま舅の右手が臍穴をくすぐり、下腹をやんわり撫でてくれた。

「あんたが満足するまで舌で穿ってやるからな」

続けて放たれた宣告に心が躍り、待ちきれぬとばかりに膣洞が彼の舌を締めつける。

つぶさに観察され、挙動の一つ一つに対応されることが嬉しくてたまらない。

（暑い……）

秋の終わりも近いというのに、火照り帯びた肌にいくつもの玉の汗が浮く。

心に満ちた喜びは、腰のくねりとしても表れ、舅の目を楽しませた。

宣言通り、彼の舌がなお貪欲に膣襞をまさぐってくる。一枚一枚、マーキングするみたいに唾液を塗りつけては捲り上げ、しとどに溢れた蜜を啜り飲んでゆく。

（あァ、お腹の内からお義父さんのものにされていってる……）

そんな実感が、夜這いされたあの時以来の猛烈な悦波とともに女芯を叩く。

「あっ、はぁっあああ、くる……凄いのきちゃうぅっ」

愛する夫との性交渉では未だ一度も達したことがない、あの高みへと至る階段を、女体が一足飛びに駆け上ってゆく。

「イキたいんだな？」

舐りと穿りの合間を縫って、舅が問いかけた。

「はひっ、イキたい……イキたいですっ！」

遠慮をなくした口が吠えると同時に、強く己が手で両乳首を抓る。痛みの内に溢れ返った悦が、乳肉に収まりきらずに、下腹部と背を伝って膣洞へと波及した。

「沙耶……ッッ」

負けじと吠え、愛する女の名を呼び捨てた舅。その口唇が陰唇を舐り上げ、上端で待ちわびる勃起クリトリスへと吸いついた。

もはや焦らそうとはせず、即刻強い吸引を施してくれる。

「あっはあっあああァぁぁッッ!!」

舅が吸い立てるたびに、引き伸ばされたクリに熾烈な悦びが迸る。吸いながら舐り転がされたことでより増幅した悦波が、腰の芯へと幾度も幾度もぶち当たる。そうして弾けた波は全身へと行き渡り――。

「沙耶、イキ顔を見せてくれ！」

蕩けほぐれた膣内へと、とどめとばかりに舅の右手指が突き潜る。前回と違い人差し指と中指の二本が揃い突き入ることで、修のペニスに及ばぬものの、より近い圧迫感が膣内にもたらされる。

二本指はズボズボと忙しく出入りし、ただまっしぐらに膣を高みへと導いた。

「あぁぁあっ、中あッ、イクぅぅっ」

穿り突かれるたびに膨張する疼きと痺れが、いよいよ爆発寸前となって女体に巡る。M字状に開き通しの女の両脚と、指にすがるように締めついた膣洞全体が痙攣し始めた矢先。舅の口唇が舐りついていた勃起クリトリスを甘噛《あまが》みした。

「やっああ、イクっ、イクうううっ！」

臆面もなく叫び喘いだ女の脳裏が、瞬時に快楽の白熱に包まれる。壊れたように跳ねた腰の中心で、膨れに膨れた肉悦の塊があっさりと爆発した。

二か月ぶりの絶頂は程なく全身を侵し、〝快楽〟以外の感覚を喪失させた。

結果、至福に緩んだ膀胱が、飲酒により溜まっていた尿をひり漏らそうとする。

まるでその瞬間を知っていたかのように、舅の右手指が膣から引き抜けた。

「ふぁっ、あっやあああっ⁉」

絶頂に引き攣《つ》る壁面が、擦り抜けゆく指を引き止めようと懸命に収縮する。そうして余計に摩擦を甘受し、生じた新たな悦波が、尿意を一層引き寄せる。

まさにその瞬間に、クリから離れた舅の口唇が再度股肉へと被りつく。

「お義父さんだめっ、出ちゃ、あっあああ……ッッ‼」

絶頂の至福に酔いつつ慌てて腹に力をこめるも——再び両手で尻を抱き寄せられ、尿道口をベロベロと舐り回されて、堪えられるはずもない。

とっくに緩んでいた理性という名の障壁を突き破って、背徳的な解放感が女の胸を満たしてしまった。その瞬間から〝夫の父〟の口腔内に〝息子の妻〟の尿液がヂョボヂョボと迸る。

口内粘膜にぶち当たっては飛沫が跳ね返り、波打ちながら溜まってはまた飛沫を跳ねさせる。そうしてアンモニア臭をそこかしこに染みつける尿液を、舅は瞳を閉じて一心不乱に嚥下していった。

（私、お義父さんの口の中で、おしっこ……しちゃってる……）

出すほどに軽くなる腰に、排尿の恍惚が付け足される。羞恥を打ち消して余りあるそれが、啜り飲まれる振動によって膣にぶり返す悦波と合流して、また。

「イく、ぅぅぅっ」

痙攣した牝腰が、膣口から蜜を、尿道から黄金水を同時に噴き上げた。

二穴同時の噴射に対応すべくむしゃぶりついた舅が飲んでゆく。

（どんな醜態も、お義父さんなら受け入れてくれる）

膣に響き続ける吸引の振動が、恥悦を呼び寄せてやまぬ中。視認した、嬉々と喉鳴らす舅の姿がそう思わせた。

彼にしか与えてもらえない悦びを、引き攣る膣と、自ら抓った乳首とで必死に引き留めている現状に、まだ溺れていたかったから。

（……今だけ。今だけはお義父さんに甘えて、いたい……）

己が心の弱さを自認しつつも、湧き出した想いに抗えなかった。


「……すみませんでした」

放尿こそようやく収まったが、まだ絶頂の余韻が色濃い中。沙耶は深く頭を下げて詫びた。舅が「何を謝っているのか」という顔をしたため、続けて謝罪の意図を説明する羽目になる。

「お、お漏らし……してしまって……」

「ああ。気にせんでええ。沙耶さんが俺の舌で気持ち良くなってくれて、むしろ嬉しかったよ。……といっても、沙耶さんの意思確認もせず飲尿はさすがにやり過ぎだな。こっちこそ、すまなかった」

舅は合点がいったと頷いた後、照れ、最後は逆に己の落ち度を認めて頭《こうべ》を垂れた。

詫び合う構図が先だっての酒席での一幕と同じで、また、こんな状況だというのに口元が綻んでしまう。つられて舅の口元――まだ濡れテカっている唇も綻ぶ。

「いえ。その……嬉しかった、です。……ってこれじゃ変態の発言ですよね。でも」

場に似つかわしくない和やかさも手伝って、偽らざる本音がこぼれ出る。

(修さんとも、こういう風に話せていたら)

今しても詮無い後悔を抱きつつ。

修に負い目を抱く者同士であるという、共犯者意識。性的技巧に長けた舅への信頼感。すでに甘えると決めていたことも起因して、明け透けな発言が口をつく。

「その……アソコを舐められるなんて、思ってもみませんでした。でも、こんなにも気持ちいいものだったんですね」

「初めてだったのか。……まぁ男だって口で舐ってもらうことがあるように、女の股座《またぐら》舐るのも愛撫の一つさね。それが好きな男もいるってことよ」

照れ笑う舅の意見は、もっともだ。腑に落ちたことでまた、同類意識が強まる。

話の流れの中で自然と女の視線は相手の股間へ、作務衣ズボンの前面にテント張る、肉の棒へと注がれた。

「……沙耶……さん……」

視線に気づいて立ち上がった舅が、生唾を飲んで期待の目を向けてくる。

（お義父さんは、私を気持ちよくしてくれた。なら、今度は私が……）

今度は彼に気持ちよくなってもらう番。酔いのせいなのか、性的至福を味わった後だからなのか。もはや羞恥は歯止めの役割を果たさない。

「私にもお義父さんの気持ちよくなった顔……見せて、くださいますか？」

発情示す息遣いが吹きかかるほど間近へと突き出された、ズボンのテント。

我が身の粗相がそうさせたと思うと、乳頭もクリトリスも競って勃起した。

「ああ、頼む」

男の受諾が得られてしまえばもう、阻むものはない。

入浴介助の時と違い、正面から女の手が作務衣ズボンとトランクスをずり下げた。

「ひゃっ⁉」

トランクスから勢いよく飛び出た肉棒が、女の鼻梁《びりょう》をぶつ。

「あ！　すまんっ」

「い、いえ。驚いただけですから……」

詫びる舅に気にせぬよう告げつつも、瞳は眼前で隆々そびえる逸物の逞しさに釘づけだった。赤黒い亀頭から香ってくる独特の生臭さ。それを鼻腔に吸いこめば、自然とまた口内に唾が溜まる。

口に含めて舐り回すことで喘ぐことになるだろう舅の姿を想起しただけで、乳首は再勃起し、股根に早くもぬるぬるとした湿りが漏れ伝う。

女の股座を舐るのが好きだと白状した舅の気持ちが、今ならよくわかる。

「……舐め、ますね……」

胸の高鳴りに後押しされ、同時に夫への罪悪感にも強く駆られて、結婚指輪を着けていない右手で逸物に触れた。

いくつも血管を浮かせたその幹は、修のものよりも熱く硬い。じかに握って確かめた結果の評定が、さらなる恍惚と罪悪感を呼びこむ中。

恐る恐る伸ばした舌で、亀頭をひと舐めする。尿のしょっぱい味がして、トイレ前で抱き締められたことが思い出され、胸が熱くなった。

「うっ」

短く呻いて、さらなる刺激を請うように下がり眉と潤む視線を寄こした舅。それが堪らなく嬉しくて。

「沙耶さん、咥《くわ》えて舐ってくれ」

声に出て放たれた訴えを即時叶えてしまう。

「んッ、んむ、ちゅ、んちゅぅっ」

口唇に飲むや、亀頭を舐り回す。丸みの隅々までは当然として、尿道口の窪みにも舌先を穿り入れ、溜まっていたツユごと啜り清める。

ひとしきり清め終えると、今度は肉の竿をより喉奥へといざなう。頬窄めて深く呑んでは吸引し、這わせた舌で舐っては幹の脈動に喜悦する。

唇でカリ首を締めつつ、尿道口を舌先でつつくように繰り返し愛撫しもした。クンニの際そうだったように、今度は女の側が男の反応を逐一窺い、より感じる部位を探ってゆく。

「お、おぉっ、沙耶さん、いい……気持ちいい、嬉しいよ……！」

感謝を伝えるのは修も同じ。だが舅は要求を声に出してもくれる。

「おお……っ、次は、頬の裏で亀頭を扱くようにしてくれ」

舅が請願と併せて腰を動かし、亀頭で頬裏を突いてくれた。それで、どうやればいいのか理解する。舅の緩いピストン運動に合わせ、頭を前後させ――。

(や、ぁ……私、今すごくいやらしい顔してる……ぅっ)

ぽこっ、ぽこっと、頬肉が内側から突き上げる亀頭の形に盛り上がるのを自覚し、恥悦に溺れた。

それを見下ろす舅の鼻息も荒くなり、口内の肉棒自体より硬く、熱く滾ってゆく。牡の熱が伝染したように、乳房と女陰が火照りに狂わされた。見上げた先にある舅の潤んだ瞳と、喘ぐ口元が愛おしくて、一層熱心に口淫奉仕を続ける。

(このまま……お口の中に、欲しい……)

熱々の白濁汁がぶち撒かれるのを想像し、溢れた唾。それを、亀頭が垂れ落とした先走り汁ごと嚥下した。わずかに苦く生臭い味わいが、女体をさらに酔わせる。

そんな矢先。

「んぷぁっ……!?」

今の今まで自ずと押し突いていた舅の腰が引け、唾液にまみれた逸物が女の口腔から抜け落ちる。

「あ、の……?」

舌遣いや唇の使い方に不満があって、中断させたのだろうか。吹き荒れる不安を眼差しに乗せ、訴える。想像を肯定されるのが怖くて、声には出せなかった。

そんな心情を汲み取って、言い含めるような口ぶりで彼は意図を伝えてくれる。

「沙耶さんの舌遣いが想像以上だったもんで、我慢できなくなっちまった。……もう、入れさせてくれ」

優しい声の響きだったが、目は血走ったまま。鼻息は発情期のけだものさながらに荒ぶっている。

並々ならぬその熱意を退《しりぞ》ける言葉が見つからない。

(お義父さんが。お義父さんのおちんちんが、私の……中に入って、くる……)

想像しようとして、堪らず左手薬指に嵌《は》まる結婚指輪に目を落とす。肉棒に触れずにいたことで今も綺麗に輝いている、夫婦の誓いの証。酔いと肉欲に浸かった心身を逡巡させる役目を果たしたそれも、

「布団の上で、こっちに尻を向けて四つん這いになってくれ」

舅を止めるには至らない。

狂おしいほど滾る肉棒からも、彼の決意のほどが伝わってきて、生唾を飲む。まだ口内に残る牡の味わいが腹に染みて、さっきまで口内にあった逸物の逞しさが一層恋しくなる。

気づけば沙耶もまた、舅に焦れと媚びの混じった視線を注いでいた。

夫とは正常位でしか繋がったことがない。告げられた未知の体位について、不安を覚えもする。

だが、さっきまで口に頬張っていた大きく硬い逸物が膣に突き入るのを想像するだけで、不安を押し流して余りある期待感が胸と腰を衝くのだ。

お互いの顔を見ないでするセックスは、夫と行っている愛の確認行為とは違うものだから——言い訳にもならない屁理屈に、許しを求めてしまう。

「沙耶さんもチンポしゃぶって、マ○コ疼いて堪らんのだろ……？」

「……ッ、は、ぃ……」

指摘されてときめいた膣口がまた蜜滴らせる。脇に寄せられたままのショーツは防波堤の役割を成さず。蜜は内腿から足首へ、そして舅の布団へと垂れ落ちて、いやらしいシミを形作った。

（……今さら何を取り繕うっていうの。全部、お義父さんにはお見通しなんだから。……とっくに、修さんを裏切ってる私が……今さら）

観念して指示に従う間、結婚指輪にはあえて目を向けなかった。

膝立ちとなった両脚はまだクンニ絶頂の影響色濃く、踏ん張りが利かない。肘伸ばして四つん這いとなったことで腕も震えていた。そんな状態で尻を突き出すのに難儀していると、膝立ちとなった舅が両手で腰を支えてくれる。

思わず振り向くと、隆々反った肉棒が尻の谷間のすぐ後ろに迫っていた。

「いくぞ」

覚悟を促すように告げられた渋い響きが、父性に飢えた心根をくすぐり、とっさに頷くという形での返答を為した。

受諾を受けて、弾力ある肉棒の頭がすでに汁濡れている膣壺にグッと押しつく。

（ふァ……！　お義父さんの先っぽに、こじ開けられる……！）

〝避妊〟の二文字が頭に浮かぶも、子作りに勤しんできた間宮家にコンドームの備えはない。

本来膣を掻き開く仕様のカリ首が、トロトロの膣肉にたやすく潜った。カリと擦れた端から膣肉が甘美に震え、締めつけを強める。

「ンッ、ふぅうァア……ッッ……」

吸いつく膣襞を引き剥がすように舅の腰が突き上がり、ついに肉棒は根元までの挿入を果たしてしまった。

夫のペニスとはわずかしか長さが違わないはずの舅のそれが、尻肉を潰す勢いで突き刺さることで膣の深いところまで達している。

(こんな深いの、怖い。苦しい、のに……あぁ……どうしてぇっ)

かつてない圧迫感と同時に、膣を満たされた悦び——女としての本能に由来する恍惚が迸る。

「……ッ、あァ、これが沙耶さんのっ……」

当たり前に肉棒へと吸着した膣に感嘆したのもつかの間。舅がゆっくりと腰を振るいだす。

「やぁ、待っ、ぁはぁっあぁぁぁ」

緩慢な抜き差しであっても、巧みさは健在だ。嵩高のカリで膣襞を一枚ずつめくっては喜悦を植えつけ、さらなる膣の収縮を誘う。

そうして膣洞が狭まるのを見計らい、まさぐるようにあちこち突いては牡の熱量と鼓動を刻んでゆく。

直線的な修の腰遣いとは、まるで違う。

(このままじゃお義父さんのおちんちんの形、覚えちゃう……!)

そうなれば、ますます修とのセックスでは満足できなくなるだろう。舅は逸物の存在感をじっくり刻むつもりで、わざと緩やかなピストンを施しているのではないのか。

想像に慄《おのの》くも、膣内に奔る摩擦悦が恐怖に専念することを許さない。

(身体中どこもかしこも熱くなって……あァ……考えられなく、なるぅぅっ……)

自重で釣鐘状にぶら下がる双乳が、緩やかなピストンに乗じて揺らぐ。尖り勃つ乳頭も、ぷっくり盛り上がる乳輪も、汗ばむ乳肌だって愛撫を欲して疼いていた。

一方で、今まさに厳《いか》つい舅の手に揉み捏ねられている双臀が躍動する。舅の腰遣いに合わせて押しつき、彼の腹肉とぶつかっては卑しい音を響かせた。

「ふっうぅんっ、うぅっ、んっ、ぅうっ……」

併せて呻くような低い喘ぎが、女の口から吐き落とされる。

それは、肉棒の出入りが回を重ねるたびキーを上げ。

「ひぐッあはあぁぁぁッ」

尻を突き出したタイミングで戻ってきた亀頭に、膣洞の中腹を強かに捏ね突かれた。衝撃で頤が反り、脳裏に白熱が散って、安産型のヒップが嬉々と震えたところでついに、〝嬌声〟と呼ぶにふさわしい艶めきが備わった。

さらに続けて二度、三度。喘ぐうちに牝腰の振れ幅は広がり、パンパンと小気味よい、肉同士がぶつかる音がひっきりなしに響きだす。

「おッ、あァ、沙耶さんっ」

膣襞に舐られる恍惚に酔い痴れながらも、舅の腰は止まらない。押しつく肉厚尻を受け止めて、一層雄々しく脈打つ肉棒が、深く、力強く突き刺さる。

「んくぅぅぅぅっ！」

亀頭の形に抉れた膣奥《ちつおく》近辺の襞々が、波状の悦に震わされ、蠕動《ぜんどう》した。

クンニの時点で震えていた四肢が危うく崩れ落ちそうになる。

(嫌！　まだ、もっと、もっとぶつけ合って……気持ちよくなりたいの！)

幸い、双臀を握り締める舅の手が支えとなって、崩落は免れた。安心して一層尻を彼の腹へと押しつけ、淫堕を貪る。

逸物突きつける男と、淫尻押しつける女。双方の思惑が合致した結果、より深い結合が実現した。

「んふぁっあああああっ！」

膣洞の奥で息づく子宮に最接近した亀頭が、喜悦の鼓動を放っては先走りのツユを吹きつける。粘りも濃さも精液には及ばないそれですら、恍惚に浸る膣洞にとっては麻薬に等しい。

案の定、子宮の命に従って膣洞全体が搾る動きに転じ。強く搾られた逸物が、内なる衝動に突き動かされてピストンの速度を上げた。

「沙耶さん、好きだ。やっぱり俺ァ、あんたのこと……欲しくて堪らねぇよ……！」

重ね重ねの告白。その嗚咽とも、嘆きともつかぬやるせなさに満ちた響きが、膣に迸る痺悦《ひ》と一緒になって女心を揺さぶる。

（駄目……思い浮かべちゃ、駄目なのに）

夜這い後の告白が、今宵のトイレ前での告白が――いずれも熱のこもっていた舅の眼差しが、続けざまに脳裏で再生された。

せっかく互いの顔を見ないで済む体勢でいるのに、きっと舅は今も同じ目をしている。容易に想像がついてまた、情にほだされる。

指の跡が残るほど強く揉まれた双臀が、淫熱と悦をたっぷり孕んで尻えくぼを作った。下腹に力を入れることで収縮した膣洞が、逸物を絞るように抱き締める。

「……ッッ、あァあッ……沙耶……！」

嬉々と逸物を跳ねさせた舅が、背に覆い被さってくる。

なおも激しく腰振るいながら、うなじへとキスの雨を降らせてゆく。

「ふっうアっあああァア……っ！」

背筋に奔った恍惚の痺れが、瞬く間に腰の芯へと下り、なお一層の膣の蠕動を育む。

結い髪の後れ毛ごと吸い立てる彼の熱烈さに、否応なく胸が高鳴った。

その胸を左右とも舅が手のひらで包みこむ。

温み孕んだ両胸が、夜這いされた日同様に丹念に揉み捏ねられては喜悦に浸る。

（あっ、たかい……）

とっくに勃起しきっていた両乳首がキュッと摘ままれて、顔をしかめたのもつかの間。痛みで感度が増した分、すりすりと擦られて嬉々と疼く。

（乳首弄られながらズボズボされるの堪らなくイイ……頭、真っ白になるぅ！）

両乳から波及した悦の痺れが、女体全域へとひた奔る中。

舅の腰遣いがより激しさを増し、いよいよ膣の奥を重点的に抉りだす。

「おォ、沙耶さんっ、最高だ、マ○コの締まりも濡れっぷりも堪らねぇ、他の誰でもねぇあんたとだからっ、恥を晒して盛っちまう……！」

彼の腹と牝尻がぶつかっては、激しい音色を響かせる。

恍惚真っ只中での告白に、また女心が喜色に染まった。

「はひっ、いィィっ、私もッ、マ○コいいです、気持ちいいィッッ」

覚えたての卑語を用いることで、さらに恥悦が加味される。

返礼とばかりに右の耳たぶを甘噛みされて、面映ゆさと恍惚のちょうど中間の疼きまでをも孕まされ。

突き上げられてはたわむヒップが、悦の火照りに染まってなお貪欲に揺れ弾む。

「こんな風になれるなんて夢みてぇだ……！」

いっそ本当に夢であったなら——。

修への罪悪感を肉悦で押しこめ続ける男女は、今なお揃って願っていた。

けれどこの結合は紛《まぎ》れもない現実なのだと、押しつき合う性器に漲《みなぎ》る悦が知らしめてやまない。

事実から目を背けたい一心でがむしゃらに尻振りたくるうち。突っ張っていた腕がいよいよ限界を迎え、上体が前方へとぐらついた。そのまま布団に倒れこんで顔突っ伏せば、膣から逸物が半ばほどまで抜け落ちる。

「やぁあっ……」

腰の奥から失われた充足感が恋しくて、突っ伏した顔が切なさに歪む。

だがそれもほんの数秒のこと。彼の腰がすぐに迫ってきて、逸物を埋め直す。

「奥がいいんだな……っ」

正直に言えば叶えてもらえる。だから、躊躇うことなく即答した。

「奥っ、いいですっ、ずぶって奥まで埋められるの好きッ！　んうっううぅぅ！」

答え終えてすぐ、膣の上壁を擦りながら逸物が猛進する。夫では届かない深部まで、

目一杯に突き刺さったそれが、繰り返し、繰り返し深部の肉を抉り穿った。

その都度ハンマーで殴られたような衝撃と、多大な悦波が一緒になって膣洞を堕としにかかる。

(——違う。だって、私の身体は、もうとっくに)

夜這いの日の恍惚を忘れられずにいる時点で、もう堕ちている。

繰り返し逸物がもたらす衝撃に、身も心も揺らされながら理解した。

頭の中で淫堕な熱が膨れては弾け、また膨れ——眉尻は下がり、布団に摺りつけた目元には涙が伝う。開き通しとなった口蓋が、感極まった嬌声とよだれをシーツに吐きつけ続ける。

「あんたの願いならなんだって叶えてやる……！」

「んゥッ嬉しっんぅあっあぁぁっ！」

隙間を失くそうと締め続ける膣洞を、滾りに滾った逸物が掘り進み、また強かで、的確な一撃を見舞われた膣奥が、亀頭の形に抉れる。それにより生じた熾烈な悦波が、いよいよ限界を知らしめる。

「私っ、また、あぁ、またお義父さんのおちんちんでイキますぅっ」

自覚した瞬間から、牝腰もタガが外れて、狂ったみたいに振れ弾む。

（ふァ！　あ、あぁ、今びぐんって、お腹の中でおちんちん、お義父さんのおちんちん……！）

つぶさに牡の限界を感じ取ったが最後。

彼がこのまま肉棒を抜かず果てたら——禁断の想像が頭を離れなくなる。

（駄目。それは、それだけは……っ！）

この期に及んで、夫の子を欲する想いが——夫とは共有されてなかったのかもしれない願いがちらつく。

「おっ、おォ……ッ、イク……あぁ出る……ッ」

（お義父さんも、一緒に？　このまま……？）

最後の、至福の瞬間まで繋がっていれば、過去一番の快感が得られるに違いない。ピストン運動に揺れた舅の玉袋が、女陰の下方を何度もぶつ。それがまるでカウントダウンのように思え、焦燥に駆られる。

指が埋まるほど強く揉まれた両乳と、舅の陰毛にくすぐられながら押しつく尻肉。掻き回されては蜜こぼす膣。四地点から溢れた悦波が、下腹あたりで合流し、巨大な塊となってもうじき、子宮を揺るがすはずだ。

答えの出せぬ中、タイムリミットが迫る。

「はひッ、ぃああっ、ひゃめっ、ひゃめぇぇっ」

唾が絡んで呂律が回らない。それでも何か言わねばと布団に伏せていた顔を横向かせ、喉震わせるも――。

子宮間近に突きを浴びるたび視界が明滅し、意識が飛びかけるに至って、ついには思考すること自体ままならなくなった。

「おォ……ッッ!!」

膣内の深部で、逸物が膨れたのを感知する。

当たり前に膣洞全体が締めついて、男女の腰がぶつかり合う。

併せて舅の右手が乳首を、左手がクリトリスを摘まみ、すり潰しながら引っ張った。

「あぁッッ!!」

胸と、膣の内外で発生した怒涛《どとう》の悦が、結託して雪崩れこんでくる。

瞬く間に悦波に呑まれた女性器が、牡汁をせがんで痙攣した。

「ぐぅっ、おぉおっ！」

逸物が膣洞をなお強かに突き穿ち。

「ひぐッッ！　んぅぅぅッッ!!」

それによって至福に昇った女の、随喜の声が轟く。

呻きいきんだことでより引き攣れた膣洞が、深部に根差した逸物を握るように締めつける。そうして牡勃起に迫る限界の瞬間をまざまざ感じ取り、再来した悦波にたやすく二連続の至悦へと押し上げられた。

「ンッ!! ひぃあァッっくぅぅっ、イクぅぅぅぅっ!」

ひと際膨れた逸物が、とうとう膣内で禁忌《きんき》の発射を為す——そう覚悟して、胸が罪悪感、膣が歓喜にそれぞれ占拠される中。

「ぐっ……う! ケツにかけるぞッ!」

駆け足で抜け出てゆく逸物との摩擦でまた、女体が至福へ駆け上る。

懸命に引き留める陰唇を振り切って、亀頭が抜け落ちた直後。

解放されるなり反りしなった肉竿が、ポンプのごとく脈打ち白濁汁を射出した。弧を描き飛んだその第一陣は、未だ悦波に痺れる女の背へと降り注ぎ。

「ンぁあ……ッ! イクッ、イクぅぅっ……!!」

その熱に炙られて四たびイキ果てる。

ぽっかり開いた膣穴に満ちだしていた寂寥が、火照り狂って、ぷしゅ、ぷしゅっと延々蜜を噴く。

室内に充満する淫臭が、男女が理性を取り戻すことを許さない。

「はぁっ、あぁぁっ……沙耶さんっ、全部、受け止めてくれ……っ」

程なくして尻の谷間に挟まるように押しついた逸物が、ズリズリと擦り上がっては新たな種汁を絞り出す。

（お義父さんの精子。熱々の精子……お尻にかかって、あァ……染み、てく……）

牡にマーキングされたという実感が、女の本能を随喜に震わせる。

今また粘性汁を浴びた淫尻が、悦び疼いて尻えくぼを作った。淫らにくねっては逸物を刺激するスケベ腰を、舅の手が再び掴んで抱き寄せた。脇に寄せられたショーツにも擦りつき、たっぷりと牡汁を摺りこんでゆく彼の、飽くなき情熱にほだされて。

――これは、一夜限りの夢。

――過ちは、これっきり。

釘を刺すための言葉が、思い浮かびもしなかった。

やがて身に満ちる欲波が去り、理性が取り戻されれば、必ず耐え難い後悔に苛まれる。わかっているのに、否、わかっているからこそ。

――まだ、この気持ちいい夢から覚めたくない。

男も女も同じ想いに急《せ》き立てられ、さらなる欲を求めてしまう。

「あァまだ、収まらねぇ……っ」

呻いた男が腰の角度を定め、再挿入に向かう。

「はァ、あ、あ……っ……きてぇっ」

期待に逸る胸を自ら抓っては絶頂の波を長引かせる女もまた、尻を振り振り、請いせがむ。

蜜に濡れそぼる陰唇と、種汁こびりつく亀頭とが、すれ違いを重ねながら摩擦の悦を溜めこんで――。

すっかり硬度を取り戻した肉棒が、準備万端の膣口を捉え、突き潜ってゆく。

待ちに待った再結合を祝うように。禁忌の積み重ねを嘆くように。

「「ア……!」」

男女の嬌声が一つに重なった。

第五章　温泉宿での交わり

1

階下で沙耶と徹次が不貞を犯す中。

修は愛妻の匂いがするベッドで安らかな眠りに就き、夢を見ていた。

幼き日の自分と、まだ三十路の父親の夢だ。物心ついた時にはもう母親は亡くなっていたから、思い出の中の自分はいつだって父親と一緒に居る。

（職人気質な親父で、叱られる時は怖かったけど。……でも、母がいない分、僕に寂しい想いをさせまいと尽くしてくれた）

手先が器用な父は料理も達者で、鳶の仕事もある中、朝夕の食事を欠かさず準備しておいてくれた。極力時間を作って一緒に食事をしてもくれた。

破れた服を縫うのだって、お手の物だった。

（僕に関することで、親父が嫌な顔をしたのを見たことがない。忙しくても、疲れても、いつも笑って接してくれた）

おかげで、寂しく思ったことはほとんどない。

(僕は、そんな親父……父さんのことがずっと自慢で……大好きだった)

父と過ごす毎日は、片親とからかう周囲の声が気にならぬくらい満ち足りていた。

(なのに、僕は)

いつしか夢の中の自分が学生服を纏い、肩幅も背丈も憧れの父に迫るサイズとなっている。

(ああ、まただ……)

これまでにも幾度となく夢に見た場面。

罪悪感と共に刻まれている思い出。

父に、岡山で就職すると告げた時の記憶だ。

『自然が多いところで暮らしたいんだ』

仕事に対する熱意も語ったが、田舎の空気のうまさ、景色の美しさ、自然に囲まれた生活への憧れ——そうした部分の説明により多くの時間を割いたと記憶している。

当時の自分はまだまだ夢に溺れる未熟者だったのだと、痛感する。

『……そうか。わかった』

高校卒業と同時に家を出ると告げる息子に、短く答えて背を向けてしまった父。丸められたその背中がかすかに震えていて、寂しがっているのを隠すための態度なのだとすぐに知れた。

（けれど希望に逸る僕は立ち止まらなかった）

後ろ髪を引かれはしたが、それでも夢を——我儘を通してしまった。

父への感謝は変わらずあったものの、初めての一人暮らしの開放感が若い心を満たしていて。期待通りの自然に囲まれた日々、その楽しさに浸りきっていた。

移住初年度の盆に里帰りした際は『早く岡山に戻りたい』との想いに駆られて、父との時間を上の空で過ごしてしまったりもした。

（大好きだった父さんを、ないがしろにしてしまった）

その後悔は、今も胸の奥底に根を張っている。

（だからこそ、沙耶さんの相手を気遣う姿勢が、僕には眩しかった。彼女に見合う人間に、僕もなりたい。そう思って見習っているうちに）

父への申し訳なさが日々募っていった。

（人懐こい親父は、いつも多くの友人に囲まれてた）

だから寂しい思いはしていないはず。そう思っても、岡山行きを告げられた父の寂しい背中が頭にちらついて離れない。仕事仲間や近所の人の輪の中で、父と共に過ごしている自分。その時の腹の底から温まるような気持ちも思い出され、それこそが幼き日の自分にとってが至上の幸せだったたと、改めて思い知る。

(沙耶さんとの関係が深まるにつれて、沙耶さんを見習って相手の気持ちをよく考えるようになるほどに……)

これまでしてこなかった分、父に恩返ししたい。今の自分に何ができるのだろうと、独りの時間に考えるようになった。

(沙耶さんのおかげで、初めて……本当の意味で親父と向き合える気がした)

自然に囲まれたところが好きで、都会の雑踏は苦手。

派手な行動は好まず、控えめだが、いつだって相手の気持ちを慮《おもんぱか》っている。

共通の趣味嗜好《しこう》を持ち、尊敬に値する人柄も備えた沙耶への思慕も日毎に強まってゆき——。

『僕と結婚してください……っ』

いつもの帰り道。岡山の山々を眺め、手を繋いだままのプロポーズ。

ロマンチックな夜景もなければ、洒落た店の中でもない。相手が相手なら素っ気ない、もっと考えろと叱られかねない状況下での求婚。

『はい……』

にもかかわらず、彼女は頬染め、満面の笑みで受け入れてくれた。

(沙耶さんと初めて身体を重ねたのは、それからさらにひと月経ってから)

初めて同士のセックスは手探りの連続で、途中、ペニスで強く膣奥を突いてしまい沙耶を痛がらせてしまったりもした。苦悶を隠し、無理して笑顔浮かべ気遣ってくれた彼女の姿が、今も忘れられない。

(大好きな沙耶さんに、無理させちゃいけない)

以後のセックスでは常にそう心がけ。

祖父母が亡くなり泣き崩れた沙耶を支え生きることを決めてからは、日常でも彼女の気持ちを再優先に行動するようにした。

父に恩返しできてない申し訳なさと、愛妻への配慮。二つが相乗した結果。

(大切な人には、常に笑顔で居てほしい)

純粋だったはずの思いが、度を過ぎてゆく。

(沙耶さんの気持ちを慮って、妊活に同意した。本当はまだ二人きりで過ごしていたかったけれど……。そんな自分の未熟さが恥ずかしくて言い出せなかった)

今にして思えば、過ちだった。

相手を思って嘘をつくなんて矛盾している。

想っていればこそ、しっかり気持ちを伝え、話し合うべきだったのだ。

けれど、日々食事や体調に気を遣い、努力し続けている沙耶。定期健診のたびに落ちこむ愛妻を目にするほどに、言い出せなくなった。

(結局、親父に相談もしなかった。とにかく沙耶さんに失望されたくない一心で、口を噤んでしまった)

遅きに失したことへの後悔と、このまま〝恥〟を隠していけるという安堵。二つが今なお交互に胸を刺す。

怪我した父を引き取ることになった際、沙耶は妊活への差し障りを考えなかったわけはないのに、躊躇わず同意してくれた。

(なら、僕だってそうあるべきなんだ)

決して、沙耶との子供が欲しくないわけじゃない。

親の立場になる前に、もう少し長く夫婦としての時間を過ごしたい。そんな甘えを捨て去るだけで済む話なのだから。

(沙耶さんの望みに添いたい。その気持ちは決して嘘じゃないんだ。だから……)

気持ちを固めた瞬間に、カーテンの隙間から差しこんだ日の光が瞼に当たる。眩しくて目をきつく瞑れば、かえって意識が覚醒へと向かった。

「ぅ……ん……」

観念して瞳を開くとすぐ、隣で寝ているはずの妻の姿がないことに気づく。

「……沙耶さん？」

居ない人の名を口にしつつ上体を起こし、枕元の目覚まし時計に目をやった。時計の針は七時半を過ぎている。

仕事が休みとはいえ、さすがに寝過ぎた。いつもならもう朝食を済ませている時刻だ。

それに、今日は父も含めた三人で温泉旅行に出向くことにもなっている。働き者で気の利く沙耶のことだから、階下で準備に勤しんでいるに違いない。

(早く起きて手伝わないと)

恩返しには足りないだろうが、父に今日の旅行を楽しんでもらいたい。

そのための労を沙耶だけに背負わせてはならない。

希望と責任感に後押しされ、まだ眠気でしょぼつく目を擦った。

温泉宿へ向かう道中には、去年安産祈願した神社へも立ち寄ることになっている。

(今日こそは、去年と違う気持ちで。沙耶さんと同じ気持ちで願えるかもしれない)

淡い期待にも憑かれて立ち上がる。

立ったことでパジャマズボンの股間部分が妙に突っ張っているように思え、目線を落とす。

「あ……！」

夢の中で沙耶への思慕の深さを再認識したせいか。はたまた、昨夜が父の送別会の様相を呈した結果、本来予定していた子作りに励めなかったからか。

朝特有の勃起が為され、ズボンの前面にテントを張っている。

「ああもう、こんな時に限って」

階下で勤しむ愛妻や、自室に居るであろう父のことを思えば、自慰に励むわけにもゆかず。焦りつつも、勃起の自然収束を待つしかなかった。

2

予定通りの午前九時。沙耶がハンドルを握り、後部座席に修と徹次を乗せた乗用車は、高知県の南東に向けて出発した。

沙耶はチノパンを穿き、白の長袖カットソーの上にグレーのカーディガンを羽織った、地味ながらも余所行きの装い。

修は白のワイシャツの上に、やはりカーディガンを纏う出で立ちで、徹次は明日帰る東京の寒さを見越して唯一ジャケットを羽織っていた。

観光で歩き回ることを考慮して、靴は三者ともスニーカーを履いている。

一行を乗せた車は、海岸沿いの県道を進んだ。高速道路を使わなければ片道四時間ほどの道程となるが、のんびりと景色と会話を楽しもうというのが昨晩、三人で話し合って決めたプランだった。

今日から十一月だが、高知県はまだ防寒具など要らない暖気に包まれている。

運転席から操作して後部座席左右の窓をわずかに開けてやると、心地よい潮風が親子の頬を撫でた。

「風が気持ちいいな」

舅がしみじみと言った。その声からは、心地よさそうということしか窺えない。

「修。向こうに見える紅葉、綺麗だな」

舅は潮の香りに目を細めながら、折に触れて自然好きの息子に話題を振りもする。

その表情は、バックミラー越しに眺めた沙耶の目にも穏やかそのものに映った。

「うん。ここらは紅葉の名所なんだ。それでね……」

好きなことについて父と話せるのが殊更嬉しいのだろう。早速説明に入った修の表情も意気揚々としていて、すこぶる明るい。

一方、寝坊してきた修を気遣ってハンドルを握る役を担うこととなった沙耶は、親子の邪魔になるからと口を噤み。後部座席で談笑する二人の様子に目を細めつつも、複雑な心境を抱いていた。

(昨日の今日で修さんと笑い合えるなんて……。お義父さんは今、どんな心境でいるんだろう)

息子を誇ってやまない彼が、心苦しさに苛まれていないはずがない。

笑顔の裏で、昨夜の痴態を悔いているのか。だとすれば——同じように振る舞える自信がない女の内には、さらなる罪悪感が嵩む。

運転を買って出ることで隣席を免れて、安堵した。修が後部座席で徹次と隣り合わせることになって、舅一人に負担を強いることになると知りながらも安堵した。それもまた事実だったからだ。

(私は、とんでもない卑怯者だ)

酒の酔いも肉欲の火照りも去って素面の今。昨夜の痴態を思い返すと、ただただ後悔と羞恥に苛まれる。

(お義父さんだって、それは同じはずなのに……)

舅は、昨夜のことは隠し通すと心に決めたのだろう。だからこそ、懸命に平静を装い、心苦しさに耐えている。

それは、修に真摯に向き合っているとは言えないが、修の傷心を防ぐためでもある。家族二人に裏切られたと知ることになれば、修がどれほど傷つくか――想像もつかないだけに、恐れてしまう。

（そうなるのを恐れてるのは、私も同じ……だけど）

今日まで修と築いてきた家庭の平穏を壊したくはない。手前勝手な思惑も、確実に沈黙の一因を担っている。

舅の内にも、同じような――親子関係を壊したくないとの切情が渦巻いているのだろうか。どうか彼も同じ想いであってと願う、自分と同じ想いの者がいることで安心を得ようとしている。

（私……最低、だ……）

そんな自分をこの上なく恥じ、罵らずにいられない。

（修さんもお義父さんも、私のことを『気遣いができる』って褒めてくれる。でも、そうじゃない。本当の私は……人の顔色を窺うことで保身を図ってる、弱くて卑怯な女なんです……！）

後部座席の二人に聞かせるわけにはゆかぬ内心の吐露は、幸いにして表情に出ず。

「沙耶さん」

「……っ。どうしたの、修さん？」

不意に話しかけてきた夫に対し、精一杯の笑顔を向ける。

果たして今の自分はきちんと笑えているのか。ぎこちなさを見抜かれ、夫に勘繰られたりしないか。溢れる不安も、どうやら上手く隠しおおせたらしい。

「神社に着く頃にはお昼過ぎてると思うんだけど、着いたらすぐお参りに行く？　それとも、どこかで何か食べてから行こうか？」

夫は気づいた風もなく、問いかけてきた。

愛しい人に嘘をつくのが、どんどん上手くなっている――そんな実感を得たくはなかった。

けれど現実が、嫌というほど突きつけてくる。

「そうね。やっぱり、最初にお参りを済ませておきたいかな」

答える己の声に淀みがなかったことで余計に痛感した。

(修さんには正直に気持ちを話してって思いながら、自分は秘密を隠し通そうだなんて……矛盾してる。虫のよすぎる話だわ)

こんな状況で、修に妊活についての心情をただすなんて、とてもできない。

結局それでいいのかもしれない。そう、無理にでも己を納得させるほかなかった。

3

神社麓《ふもと》の駐車場へは正午を十分ほど過ぎて到着した。

道中に二度休憩を挟んだ分を差し引いても、二時間半は車中に居たことになる。

三人とも強張った身体を伸ばしてから、山間の澄んだ空気を吸った。清々しい味わいが肺に広がって、足取りも、心も軽くなった気がした。

二十段ほどの石段をあっという間に上り終え、鳥居をくぐれば、眼前に立派なお社《やしろ》が見えてくる。

昨晩ここへ寄ろうと言われた時には、夫も子を望んでくれているのだと思え、嬉しかった。再びこの地を踏むのが待ち遠しくて堪らなかった。

だが、今は――。

(修さんと私で、妊活への熱意に差がある。修さんは、自分の心に嘘をついて無理してるんじゃないか、って)

昨晩感じたのと同じ印象を、もうじき目にすることになる〝祈願する夫の横顔〟にも抱いてしまったら――。

不安が延々と湧いてきて、情緒不安定な状態へと追いこまれつつあった。

（そんなことない。昨日のあれだって、私の思い違いよ。それで勝手に傷ついて、お義父さんと関係を持った私が悪いの。私が……全部悪いんだから）

自責の念を積み重ねてでも、夫を信じたかった。

（修さんは、ちゃんと祈ってくれる。赤ちゃんを欲しいって、思ってくれる）

〝修が同じ気持ちでないと思えてしまった時〟のことはあえて考えぬまま。

参拝道の左右にそびえる銀杏《いちょう》並木、その黄色い葉が彩る道を踏みしめて進む。

今年は例年に比べて銀杏の色付きが十日ほど早い――数日前にテレビから聞こえてきたニュースを不意に思い出した直後。心構えも中途半端な状態で、夫と舅に先駆けて社の祭壇前に到着した。

（安産祈願する沙耶さんの姿を見れりゃあ、今度こそきっぱり、彼女への想いを断ち切れる）

そうなってくれと願いつつ、徹次は前ゆく愛しい背中を追いかけた。

隣を歩む修の視線もまた、先ほどまで注目していた銀杏並木から愛妻の背に向いている。その熱量が己の視線と同等であることに心苦しさを覚えながら。

(沙耶さんと修。二人に幸せになってほしい。その気持ちは、今も変わらねぇ。だからこそ、昨夜の過ちは明かせねぇ)

沙耶と秘密を共有していることに優越を感じないと言ったら、嘘になる。それがさらなる心苦しさを誘うも、息子夫婦の幸せな未来を願わずにはいられない。

相反する思慕に揺らぎながらも、沙耶と修に続いて社に着いた。

4

右から沙耶、修、徹次の順に横並びとなって参拝する。

(どうか、元気な赤ちゃんを授かれますように)

沙耶は賽銭箱に硬貨を入れ、二礼二拍手したのちに手を合わせて祈願した。

切なる願いを神に託し終えて、修に場所を譲る。

(……どうか、修さんも同じ気持ちでいて……くれますように)

これは神への願いではなく、今からこの目で確かめること。それでも祈る思いで、後ろから夫の様子を注視した。

目を閉じ手を合わせている彼の姿からは、内心が窺えない。逸る妻の心情をよそに祈り終えて目を開いた夫。

そのまなこが妻の視線に気づくや——悪さを見つかった子供のように視線を逸らした。逸らす直前の表情も強張っていたように思えてならず。

(修さん……やっぱり、そういうこと……なの?)

一時は疑念を上回りそうだった期待が急速にしぼんでゆく。

薄々感じていた、予想してもいたこと。そうは思っても、やはり改めて突きつけられたショックは大きく、忘我の状態に陥った。

祭壇を離れ、社務所で安産祈願のお守りをもらっても、心は曇ったまま。足取りも、お守りを持つ手も、まるで他人事であるかのように現実味が感じられない。

その様子を見て夫や舅が何か声をかけてくれたのかもしれないが、まるで心に届かなかった。

鳥居をくぐり、石段を下って駐車場に着いてもまだ、祈願中の夫の表情が頭の中を離れない。

(やっぱり、修さんは私と同じ気持ちでは……ない……?)

腹の中で疑念を唱えたが最後。そうでなければいいとの期待が、いよいよ風前の灯《ともしび》と化す。反比例して湧き上がった失望と、再燃した静かな怒りに突き動かされるように、あれほど声には出せぬと思っていた言葉を、気づけば口走っていた。

「修さんは……子供、欲しくはなかったの……？」

折しも夫はマイカーのドアロックを外した直後。不意を打っての妻の発言に、今度は表情のみならず肩から下も強張らせた彼。

「それは……そのっ、違っ……」

言い淀んだ表情は殊更に硬く、それこそが答えだと言わんばかりだ。

「そっ、か……」

言い淀みを肯定と受け止めた妻の嘆息を見ても、彼の口から否定の言葉は聞かれない。いよいよ決定的な事態に際して、不思議と心は痛まなかった。

(きっとそうだって、覚悟できてたから……？)

だから今、嘆きではなく、諦めに近い感傷が胸を占めているのか——納得した途端に、目尻に涙が溢れた。

神前で目を閉じると、この一年間傍で見てきた〝子を授かろうと努力する沙耶〟の姿が次々と思い浮かぶ。加えて今朝がた夢に見た、父との思い出も瞼の裏に蘇り――。

（あんな風に立派な父親になりたい。沙耶さんとの子供に尊敬してもらえるように。一年間頑張ってきた沙耶さんが、どうか報われますように。僕らの赤ちゃんを……無事授かれますように）

父への憧れと、沙耶への想い。二つが揃って後押ししてくれたおかげで、初めて何よりも強く子を授かりたいと願うことができた。

家族の長としての自覚を持てて、ようやく沙耶の願いに向き合えたのだ。

達成感と確信を得て目を開き、背後の妻に顔を向ける。

（沙耶さん、僕も祈ったよ。沙耶さんとの子供が欲しい。心の底からそう願えた）

今の気持ちをすぐにでも伝えるつもりでいた。

けれど、彼女の沈んだ表情を見た途端――「これまで欺いていたのがばれた」「今日この時まで同じ気持ちで妊活に臨んでこなかったことを責められている」――心がそう判断してしまった。

慌てて目を背けたことで、余計に彼女を傷つけてしまった。

愛する妻は、安産祈願のお守りを受け取る際も、階段を下って駐車場へ向かう間も、心ここにあらずといった様子で、危うさを覚える。

「おい、修っ」

見かねた父に言われるまでもなく、忘我のまま歩む彼女のフォローに回る。何度か声をかけたが応答はなく。

(くそっ、どうしてさっき僕はあんな態度を見せてしまったんだ)

ようやく本当に心の底から子供を授かりたいと願えたのに。

そのことを早く声に出して伝えたいのに。

(どうして……ッッ)

後悔ばかりが胸を衝く。

だが、悔いても時は巻き戻らない。

今はとにかく沙耶が転ばぬように支えてあげないといけない。

(ちゃんと伝えるチャンスは、まだあるはずだ)

どうにか気持ちを奮い立たせて駐車場まで沙耶、父と共にたどり着く。

前もって沙耶から受け取っていた車のキーで、ドアロックを解除した矢先。

「修さんは……子供、欲しくはなかったの……?」

無表情のまま、沙耶の口から核心をつく言葉が発せられた。

(そんなことないよ。僕は今日、心の底から願えたんだ。沙耶さんとの子供が欲しい。

……実を言うと去年参拝した時は、子供なんてまだ早いって尻込みしてた。でも今は違うんだ。だから……沙耶さん、お願いだからそんな哀しい顔しないで――)

すぐにでも、そう伝えたかったのに。

実際に口をついて出たのは、途切れ途切れの響き。

「それは……そのっ、違っ……」

告げたい想いが次々に溢れ、それらをまとめる間もなく声にした結果の、言い淀みだった。

本心とはあまりにかけ離れた硬い声色に傷ついて、妻の頬に涙が伝う。

またしでかした、しくじった。吹き荒れる後悔が、さらに言葉を口から遠ざける。

「沙耶さん違うんだ僕はっ」

焦りと嘆きでカラカラに渇いた喉を振り絞って再度声を出せたのは、愛妻が泣き出して一分は経ってからのことだった。

「沙耶さん違うんだ、僕はっ」

優しい夫が言い訳をしようとしている。

だけど、その必要はない。

「違うの、これ……っ」

この涙は、夫のせいではないのだから。

(心の中では諦めがついてた、そのこと自体が哀しくて……私にとっても赤ちゃんはその程度のことだったのかって……思っちゃったから。だから、あなたのせいなんかじゃ……ッッ)

涙と共に零れる嗚咽が、心の内を明かすことを阻む。

(あれほど遠慮のない関係を望んでおきながら、いざそうなったら、この体たらく。自分だって修さんに言えない秘密を抱えてる、私のほうがずっと酷い裏切りを犯してる。それなのに……最低よこんなのっ……みっともない……っ)

自虐に刺されて空いた心の穴から、さらなる嗚咽が吐き出てゆく。

止め処もなく流れ続ける涙を見て、苦渋に顔しかめている夫。その姿を見て一層の心苦しさに憑かれ、ついには顔を両手で押さえて車の脇に屈んでしまう。

「沙耶さん聞いてっ」

(もう、いいの。嘘はつかないで、いいから……)

子供を授かるという目標は、夫婦共通の第一の願いであると信じていた。そのことを支えにしていたから、妊活を頑張ってこれた。

(でも結局は私の独りよがり。勝手な思いこみでしかなかった)

事実を受け入れた今、もうこれ以上修に無理してほしくはない。その必要もないのだと、涙と嗚咽に邪魔されてなければすぐにでも伝えたかった。

「確かに僕はこれまで、本当は沙耶さんほどには子供を望めずにいた。でもっ」

でも、の後に彼が何を言おうとしたのかはわからない。

けれど、その告白が決定打となり、涙と嗚咽はいよいよ止めようもなくなる。

「……ッ、ひ……ッ、う……うぅ……ッ」

諦めに覆われていたはずの胸が、今さらながら張り裂けんばかりの痛みに襲われ、心と頭の中が哀しみ一色に染まっていった。


(どうして、こうなっちゃうんだ)

想いがうまく相手に伝わらない。

遠慮してきたことが、かえって彼女を傷つけた。最初から間違えていた。妊活に臨む前に正直な気持ちを伝えておくべきだったのだ。今日までに何度もした後悔が改めて焦りを助長して、ますます齟齬《そご》を生む悪循環に陥っている。

一度落ち着こうと思えども、泣き崩れた愛妻を目にしていては土台無理な話だ。

それでも何か言わなければと、考えもまとまらぬうちに言葉を並べ立てる。

何を告げたのか、とっさすぎて自分でも理解が及ばなかったが、沙耶の嗚咽が増したことで「まずいことを言った」ということだけはわかった。

「修ッッ、てめぇ！」

かつて見たことがないほどに怒りで顔を歪ませた父が、拳振り上げて迫り来る。

殴られて当然、幻滅されて当然だ。だから、避けようとも思わなかった。

平手で張られた右頬に、ジンとした痛みが奔る。

父の送別を兼ねた旅行で、その父に手を上げさせてしまった。涙潤ませてビンタしてきた父の気持ちを思うと、張られた頬以上に心が痛んで堪らない。

(大切な人二人を哀しませて、僕はなにやってるんだ)

喧騒を聞きつけて人が集まってくるのを知覚し、事態収拾に動かねばと思いながらも、涙が止まらなかった。

5

気まずい空気を抱えたまま車に乗りこんだ間宮家一行が今夜の宿である旅館へと到

着したのは、午後二時になる数分前のこと。

部屋へと案内してくれた仲居が去ると、修はすぐさま連れ二人と向き合った。

「順を追って話すから、どうか最後まで聞いてほしい」

まだ怒り収まらぬ父と、泣き腫らした目が痛々しい妻。応対した旅館従業員も思わず目を背けた二人の様子は変わらないものの、座卓を囲み聞く意思を示してくれる。

「ありがとう」

頭も下げて謝意を表し、自分をより落ち着かせるための深呼吸を三度行ってから改めて口開く。

沙耶に初めて妊活希望を告げられた時、正直尻込みしたこと。けれどそれは自分の未熟さゆえと理解してもいて、だからこそ余計に言い出せなかったこと。沙耶の気持ちを考えているつもりで、欺く結果になったのを詫びたいとずっと思っていたこと。

その時々の苦しい胸中も含めて、腹に溜めてきたものを洗いざらい白状する。

座卓を挟んで正面に座る沙耶は、俯いたまま時折肩を震わせて静かに嗚咽していた。

「沙耶さん……ずっと言えなくて、ごめん」

座卓に額が擦りつくほど首を垂れ、謝罪した。

「……っ、私のほうこそ、ごめっ……なさぃ……っ」

薄々気づきながらも、そうではないと信じたいばかりに、妊活についての気持ちを確かめられずにいた——途切れ途切れに告げた愛妻の瞳が瞬くたび、大粒の涙がこぼれ落ちる。ひたすら「ごめんなさい」を繰り返して嗚咽する妻は、見るに忍びない。

「ううん、僕がちゃんと気持ちを言えてればよかったんだ。悪いのは僕だよ。だから、もう謝らないで」

そう伝えても、彼女は首を横に振るばかり。

このままでは埒《らち》が明かないと考え、一旦会話を打ち切った。

(沙耶さんは、まだ動揺してるみたいだ。でも、神社で見せたような、心ここにあらずって感じじゃない。……なら)

彼女に落ち着いてもらうには、今、最後まで伝えるべきだと判断した。

「沙耶さん、聞いて」

逸る心をなだめ、愛しい人の目を見て呼びかけた。

わずかの沈黙の後に彼女が頷いてくれる。その喜びに後押しされて声を絞り出す。

「ずっと、父親になる覚悟ができずにいたんだ。……でも今日、神社で手を合わせて祈った時。沙耶さんとの子供が欲しいって、素直に思えた。嘘じゃない。本当に……妊活を頑張る沙耶さんを一年見てきて、遅すぎるけど、今日やっとそう思えたんだ」

語り終えた時、目の前の沙耶は顔を両手で覆い、一層の嗚咽に見舞われていた。

「これからは気持ちを隠したりしない。約束するよ。だから……お願いします。もう一度、僕と一緒に人生を歩んでほしい」

再び「ごめんなさい」を繰り返し始めた彼女を制して、請願する。

請願であると同時に再プロポーズにも等しい言葉を受け、沙耶は何を想うのか。肩を思いきりビクリとさせたあと、また静かな啜り泣き状態に戻ってしまい、明確に言葉での返答を得ることは叶わなかった。

だから心情を推し量るしかなかったが——その時間も与えられず。

「修っ、早とちりで殴ってすまなかった」

沙耶の啜り泣きを掻き消す勢いで、座卓右側に座る父の口から発せられた謝罪の言葉。加えて、父が頭を下げた拍子に額が座卓にぶつかった、ゴンという衝撃音にも驚かされた。だがその愚直さがいかにも修の知る父らしくて、こんな状況だというのに胸の片隅が和む。

「親父……。気にしてないから、頭上げてよ。むしろ、殴ってくれて感謝してる。あれで、腹をくくれたんだ。沙耶さんに向き合って、親父みたいに立派な、尊敬できる父親になりたいって……やっと覚悟が決まった」

沙耶のことが気がかりだが、慌ただしく今度は父への対応に追われた。

懸命に育ててくれた父を置いて岡山へ行く我儘を通したことを、後になって悔いたこと。その分今は親孝行したいと思っていること、父に対する想いのすべてても包み隠さず告げた。

「馬鹿野郎。そんなこと、気にしなくったっていいんだ。……親は、子が元気で暮らしてりゃ、それで充分なんだよ……」

親になりゃお前にもわかるよ――。そう言って、顔を上げた父。頬に涙伝わせながら、今にも「しょうがねぇヤツだな」と言い出しそうな――幼き日のように頭を撫でてくれそうな表情の彼を見て、懐かしさと愛しさがこみ上げる。

「うん。そうなれたら嬉しい」

もらい泣きしそうになるのを堪えて、声を振り絞った矢先。

「……私も、頑張りたい。修さんと、また……妊活、頑張りたい……です」

唇を噛み。嗚咽を堪え、掠れ声で沙耶が告げてくれた。

「ありがとう……！」

愛しい人に過ちを許され、再び受け入れてもらえた。

安堵と喜びが同時に胸に溢れた結果、たやすく涙袋が決壊する。

ずっと俯いていた沙耶が驚いて顔を上げる。その頬にも涙が伝っていて――座卓を囲み三人、しばし泣き顔を見せ合った。そのうち、親子二人は状況の可笑しさに口元を綻ばせすらした。

やがて、泣き疲れたせいもあって空っぽの修の腹がグゥと鳴る。

「……少し遅いけど、お昼食べに行こうか」

照れながら告げると、ようやく沙耶の表情からもふっと力が抜けた――〝夫婦の未来を信じて疑わぬ夫〟の目にはそう映った。

6

市内の観光を終えて夕刻に宿に戻った三人は、各々が温泉に浸かって日中の疲れを落とした。その後、晩酌付きの夕飯に舌鼓を打つ頃には、昼間のひと悶着などなかったかのように和やかな気持ちを三人ともが取り戻していて――中でも修は、憂い一つない笑顔で終始他二人に気を配ってくれた。

(おかげで楽しい思い出になったって、お義父さんも喜んでた)

夫と舅。二人の笑顔を思い出すと、今も胸に温みが点る。

なのに今――明かりを消した八畳間で共に床に就いた夫の安らかな寝顔。それを横目に眺める沙耶の表情は、沈痛だった。

明日には舅は東京に帰り、夫と二人の生活が戻ってくる。同じ想いで妊活に励めば、きっとすぐに子宝に恵まれる。

そんな希望を抱えて床に就いたはずが、先に寝た夫の寝息を聞きながら一人天井を眺めるうち、迷いに囚われた。

（修さんは思いの丈を話してくれた。そのうえで一緒に歩みたいって言ってくれた。なのに私は……昨夜のこと、修さんに秘密にしたままで、本当にいいの……？）

昨夜の舅との過ちについて考えれば、自然と当時の恍惚が肌に蘇り、心とは別の意味で煩悶に見舞われる。

「ンッ……ぅ」

寝返り打つふりして横向きになれば、内腿同士が擦れ、歯痒い甘美が腰に溜まる。目の前にある夫の背中。揃いの浴衣を着たそこにすがりつきたくても、「もし発情の理由を問われたら」「舅とのことがばれる」そんな怯えが邪魔をして、どうしても触れられなかった。

結局、散々迷った挙句に己が手指で、浴衣の上から股と胸をまさぐりだす。

「は、ぅ……ん……っ、や、ぁ……っ……」

夫が起きぬようにと声を殺せる程度にとどめた自慰行為は歯痒さだけを残す結果となった。またたっぷり逡巡したのち、意を決して浴衣の前をはだけ、右手をショーツに突っこんで淫裂を捏り捏ねる。それでもまだまだ昨夜の膣の充足感には程遠い。

（あ……！）

焦れに焦れて身を再度よじった矢先。魔が差したかのように、隣の和室との間を隔てる襖《ふすま》が目に留まる。

立って歩めばすぐの、その襖の向こうでは舅が一人で床に就いている。明かりが漏れてきていないということは、すでに彼も眠りに就いている可能性が高い。でも夫が深い眠りに落ちている今なら、気づかれずに隣室へと行ける――。悪魔の囁きが、肉の悦びに飢えている心身をくすぐった。

（駄目。それだけは。せめてもう二度と裏切らない。そう心に決めたはずでしょう⁉）

歯をきつく食い縛り、唇も噛んで、何とか一人で処理しようと試みる。けれど夫への心苦しさに喘ぐほど肉欲も増してゆき、夫に気づかれぬ範囲での自慰をいくら続けても、内なる渇望は満たされてくれない。

そうして小一時間ほど足掻いたところで、ついに我慢は限界を迎えた。

(まだまだガキだと、心のどこかで思ってたのによ……)

六畳間に敷かれた布団に寝転んだ徹次は、親になる意思を告げた際の修の決然とした姿を思い返し、ほろ酔いの赤ら顔を緩ませた。

「酒のほうはまだまだ、だけどなぁ……」

嬉しくてつい勧めすぎた結果、昨日に続き酔い潰れ眠ってしまった息子。その寝姿を親目線で慈しんだのも、もう四時間ほど前のことだ。

時計に目をやれば、もうすぐ午前零時を迎える頃合い。襖で隔てられた隣の八畳間で、修はもちろん沙耶もすでに眠りに就いていることだろう。

(これで、よかったんだ)

今日のことで一皮むけた修なら、安心して沙耶を任せられる。そう思えたから、元々は隣室に三つ並べて敷いてあった布団を、自分の分だけこちらに移すことにした。その際後ろ髪惹かれなかったことで、いよいよ沙耶への思慕を吹っ切れたと――。

「……お義父さん」

隣室からすがるような声が聞こえてくるまでは、信じていた。

「さ、沙耶さんか？」

心臓が騒ぎだし、息苦しさと眩暈に襲われる。弾かれたように立ち上がるも、顔を見ず、襖越しに問うだけのつもりだった。

だがそれも、襖を開け放って抱きついてきた女の温みと柔らかさに狂わされる。

いつも結われている彼女の髪が、無造作に肩に垂らされている。夜這いの日以来に見るしどけなさに、否応なく胸が高鳴る。

「……私、駄目、なんです」

涙声の彼女の格好に、息を呑む。帯紐のほどけた浴衣は左右に垂れ開き、下着一つ着けてない白い裸身が、暗がりの中でも殊更目を惹いた。豊かに実った双乳も、しとどに濡れた女陰までもが惜しげもなく晒されている。

荒い息遣いで訴える様からは逼迫した様子が伝わってくるが、同時に下がり眉と上気した頬、涙に濡れた眼差しで見上げてくるその表情には裸身と同等の艶めかしさを覚えずにいられない。

（……!?　沙耶さん、結婚指輪を……ここへ来る前に外してきたのか？）

彼女の左手薬指に結婚指輪がないことに遅ればせながら気づき、悲壮な覚悟を窺い知ると同時に、背徳的《インモラル》な誘惑に揺さぶられる。

修ともう一度歩むと言っていた彼女がどうして——当たり前に生じた疑問を口にするまでもなく、切々と彼女自身が思いの丈を語りだした。

「修さんの気持ちを知れて嬉しかった。また一緒に歩んでいきたいって言われて、私もって……同じ気持ちでいる、って言ったのに……。昨日の夜のことを思い出してしまって……もう裏切りたくない、これ以上秘密を作りたくないって思ってるのにッ」

彼女のモジつく腰、擂り合わさる内腿、ヒクつき通しの膣口。それらを見れば、発情しているのは明らかだ。

「私も、修さんに正直にならなきゃって。でも、言えなくて……、こんなこと……ただ、快楽に逃げてるだけって、わかってます。でも……っ」

昨夜の秘密を修に知られることを恐れたあまりに、その心苦しさから逃れたいあまりに、こうして〝共犯者〟にすがっているのだと暗に告げる沙耶。その腕の震えは、彼女の内なる葛藤と慟哭の表れだ。

(人の心はそう簡単に割り切れるもんじゃねぇ)

それは沙耶もだし、俺自身もだ——泣いて助け請う愛しい人を思わず抱き締めたことで、再燃した思慕。その抗いがたい喜びが、嫌というほど理解させた。

(俺が告白したりしなけりゃ。夜這いをかけたりしなけりゃあ、沙耶さんが昨夜の過

ちを犯すこともなかったはずだ。俺の勝手さが、彼女をこんなにも苦しめてる)

生まれてこの方、神仏にすがったことはない。存在を信じてもいなかった。だが己の過ちを深く悔いていればこそ、今初めて心の底から祈る。

(だから、神様よ。もし本当に空の上から見てくださってるんなら、どうか。どうか沙耶さんをもう苦しめないでやってくれ。罰を受けるのは俺一人で十分だ……!)

「……お願いします」

自罰に甘んじた心根が、すがり乞う女の涙顔と、密着することで押し潰れた乳肌の感触にほだされる。触れ合う彼女の股の湿りに気を取られてしまう。

「今夜だけ、これで最後にしますから……っ」

頬を張られた息子の痛ましい姿が、観光中嬉しそうにしていた姿が、酒を酌み交わした際の笑顔が次々脳裏をよぎるも、歯止めとはならなかった。

(これで、最後。沙耶さんを抱けるのはもう、今夜……だけだ)

男の欲を煽る女の願いに、惹かれるがまま。

肉欲に逃れたいとの望みを叶えてやるために、布団へと背を預け、自ら女の尻に敷かれることを選んだ。

〝共犯者〟に倣って前を開いた浴衣一枚となった舅が、布団で待ちわびる中。

彼を跨《また》いで中腰となった沙耶は、股下数センチのところで反り勃つ逸物をそっと右手に取った。緩い締めつけを施しつつ扱いてやると、すぐさま鼓動を返してくる肉の棒が、堪らなく愛おしい。

(この硬くて熱いのが、また……もうすぐ私の中に入ってきてくれる……)

想像するだけで口の中に唾が溜まり、胸は高鳴りっぱなし。

「今夜は……沙耶さんの好きにしてくれ」

心身の昂りを後押しする嬉しい言葉を、彼が投げかけてくれる。

(私の、好きなように……?)

昨夜同様に濃密な交わりをしたい。変わらぬ願いに突き動かされ、浴衣のすそを揺らしながら、今にも踊りださんとする腰を落としてゆく。

「あァ……ッ」

平素は厳めしい容姿に人懐こい笑みを浮かべている彼が、今は鬼頭をあやすように撫でられてだらしなく喘いでいる。顔の筋肉を緩ませて、開き通しの口の端からよだれまで垂らすその様が、また愛らしくて――。

(もっと気持ちよくなってほしい。もっと……一緒に、気持ちよくなりたい)

恋しさを訴えパクついた陰唇が、よだれのごとく蜜を垂れこぼした。

蜜を余さず受け止めて、一層の隆起を果たした逸物が嬉々と反る。

その切っ先のすぐ後ろへと下ろした牝尻を、前方へとスライドさせた。反り勃つ逸物を痛めぬようゆっくりと、股肉で押し倒してゆく。

「ンン……ッ、ア……！」

反発して勃とうとする肉棒の圧を浴び、腰から下が嬉々と疼く。中でも特に、亀頭を挟みつけている大陰唇がよだれ代わりの蜜を漏らして締めついた。

併せて舞った黒髪と、汗の粒。それぞれの匂いも嗅ぎ取りつつ。

「おァ……ッ！」

濡れほぐれた大陰唇に亀頭を舐られている彼もまた、甘露の呻きを聞かせてくれた。

脈打つ逸物の敏感さが嬉しくて、下ろしたての牝腰が前後に振れる。

（あァ……ッ、そう、これよ……この熱さと硬さがじかに股に伝わる感じ。ずっと恋しかった……！）

彼の胸に両手をついての、たった一往復。起伏も何もない単純な腰振りですら、自慰では得られなかった期待感をもたらしてくれる。

（お義父さんと触れ合えてるから。指じゃ届かないところまで穿ってくれる、おちんちんの存在を強く感じられてるから……！)

「沙耶さん……おっ……ァ……！」

今また行き来した股肉に蜜液を塗りこめられた逸物が、さらなる摩擦を求めて一層猛々しく脈を打つ。

(私が、お義父さんを気持ちよくさせてる。私で、気持ちよくなってくれてるんだ)

自尊心がくすぐられ、思わず己が舌で口唇をぺろりと舐る。そして――。

「こうしてると……お義父さんに襲われた夜のこと、思い出しちゃいます」

思わぬ意地悪が口をつく。

告げられた彼は一瞬ぎょっとして、苦しそうに顔をしかめ――けれど確実に記憶を手繰って、あの夜の恍惚を思い出している。

火照る中で渇いていた喉が、ゴクリと鳴ったこと。薄く開いたまなこが陶酔に潤んでいること。そして何より、告げられた瞬間からさらに逸物の内を流れる血液量が増し、より熱く太く雄々しくなっていること。すべてが彼の昂奮を示している。

だから、失言を悔いる以上に、喜びに憑かれた。

「もっとたくさん気持ちよくなって。あの時みたいに激しく私を求めてください」

期待を持って、腰の前後揺すりを再開する。まずは互いの性器を馴染ますように。

「沙耶さ、ッお！　あァ……うッ」

亀頭が染み漏らした先走りの汁と、女陰が漏らした蜜とが攪拌されてクチュクチュと卑猥な音色を奏でだす。その蜜の助けも借りて滑るように、少しずつ腰振りを速めていった。

食みつくように吸っては剥がれ、またすぐに吸いついてくる陰唇に煩悶しながら、記憶の中の恍惚にも浸っている彼の息遣いもまた、瞬く間に荒ぶってゆく。

(私のアソコとお義父さんのおちんちんがキスしてる、やらしい音……。お義父さんの、気持ちよさげな可愛い声……。ああ……！)

どちらも腰に響いて、堪らない。腰から背へと駆け巡る恍惚の痺れに酩酊し、乳を揺すると、ますます女芯が切なさを溜めこんでいくのを実感する。

彼の両手が腰を支えてくれたのを良いことに、自由になった手指で尖り勃つ両乳首をそれぞれ摘まみ捏ねた。強く摘まんだことで乳頭から乳房内に向けて痛みが奔り、感度が増す。

それと同時に、股肉をさらなる渇望が襲った。

(やぁ……あぁ、駄目。もっと、もっと強くお義父さんと擦り合いたい……！)

まだ喜悦に震える背を反らせて、両手を乳首から、彼のがに股に開いた脚の間へと移す。そうして腰を前に突き出すことで、望み通りの強い摩擦を実現させた。

「あッ、あはぁっ、いい……っ」

「あァ俺もだ、堪らんっ……沙耶さんのスケべな腰遣い……夢、みてぇだ……」

グリグリと押しつけ合う股肉と逸物が、図ったように同時に震えを発する。

言葉での申告が被ったことが〝心も体も通じ合えている〟実感に拍車をかけ。

「ア……ッ、あァ、硬っあァ……ッッ」

おかげで、ただでさえ嵩高のカリが行き来するたび股肉を抉り仕込む痺《ひ》悦を、より峻烈に受け止められた。

パンパンに張りつめたそれが、もうじき腹に収まってくれる――期待ばかりが胸を衝き、接着面に止め処ない蜜を漏らさせる。

「ああ、早くあんたの中に入りたくて堪らねぇよっ」

性的願望を臆せず告げられる彼が羨ましい。

(私も、修さんとのセックスで同じように素直に伝えられてれば
より濃密な性交渉となって満足できていたかもしれない。

他の男と、それも夫の肉親と肌を合わせながらの妄想は、罪の深さを再自覚させるばかりだ。心苦しさに耐えきれず、余計に〝夫ではない人〟との情交に逃げてしまう。

知らず知らず細腰の振れ幅は広がり、互いの漏らした汁を潤滑油に摩擦速度も上がっていった。

「あッ、ン……ッ！　あァ……は、あぁぁ……っ！」

溢れる汁気に滑って行きすぎぬよう、より腰を押しつける。勃ち上がる気満々の逸物もしなり強めて股肉を抉り、喜悦に痺れた性器同士がまた汁を吐く。

肉の悦びの、終わりなき循環。一夜ぶりの状態に、身も心も躍る。

（お義父さんの顔が見たい）

「沙耶さん……、顔、顔を見せてくれっ」

同じ想いを、同じタイミングで抱いた。

（……やっぱり、気持ちが繋がってる。私たち、今……通じ合えてるんだわ）

そのことが何より嬉しくて、即時応じた。

反っていた背を揺り戻し、今度は彼の両脇に手をついて上体を前に傾ける。互いの息が顔に吹きかかる距離で見つめ合い、胸も腰も高鳴り通しの中で素股を再開した。

接着面にたっぷり溢れた汁気が攪拌され、粘度を増して互いの肌に纏わりつく。それがなくとも求め合っている性器同士が、一層、隙間なく密着して結合のタイミングを探り合った。

（あ……また、あぁ……入っ……てきて……くれないの……？）

女体が前のめりとなったことで膣穴に突き当たりやすくなった亀頭が、幾度か嵌まりそうになっては去ってゆく。焦れた陰唇が物欲しげにパクついて、また新たな蜜を漏らしてしまう。それに滑って、また逸物が膣口を掠めただけで逃げていった。

「う、お……あぁっ……！」

結合の期待に浮かれては、機を逃し落胆するのは、彼も同様だ。切なく喘ぐ様を見つめ合うことで、双方の思慕と肉欲は際限なく膨れ上がってゆく。

（上に乗ってて動きやすい私が、導いてあげなきゃ。お義父さんのおちんちんを、私の……中へ。いやらしくうねってる穴の中に、誘いこむの……！）

そのためにベストな位置を、擦りつける腰の圧や角度を微調整しながら探る。

「は、ぁあッ、ひっア……！　あァア……ッ!?」

何度も、何度も歯痒さと落胆を味わったのち。ようやく膣口に浅く挟まった亀頭を逃さぬよう、下腹に力を入れて食い締めた。

「おォ……！　いくぞ、入る……沙耶さんの中に……！」

吠えた彼の、職人らしくごつい両手が、牝腰を力強く抱き寄せ。

淫膣の蠢きに誘われるがまま、雄々しき剛直が突き上がる。

「あッ！　ンうっあああぁぁぁ……！」

男らしい手のひらに安心感を覚える間もなく、受け入れ準備万端の女の腰も押しついた。今度こそ滑ることなくカリ首までを埋めた逸物が、陰唇の蠢動にも後押しされて、膣洞を一気に突き穿る。

騎乗位で繋がったからか、昨夜よりも深いところまで摩擦悦が届く。

焦らした分硬度も熱量も増し増しの逸物に串刺された衝撃が、白熱となって瞼裏と腰の芯で爆発した。

早々小さな絶頂の波に攫《さら》われた淫膣が、肉棒をギチギチと締め上げる。

「……～～～……ッッ、あ……～～～～～～～ッッ！」

白熱の只中に、また夫の笑顔がチラついた。そうして芽生えた罪悪感と、身に満ちる悦なる痺れ。懺悔と恍惚、相反する双方に煽られた結果。

最初こそ隣室で眠る修を気にして声量を絞るも、すぐに抑えが利かなくなった。

軽めの至悦に下腹部が波打つ中。膣のより深いところで逸物の存在感を堪能しようと、尻を目一杯に押しつける。

「あぁ……っ、いいぞ。今夜は、好きなだけイっていいんだ……っ」

悦波に引き攣る腰を突き責めようとはせずに、〝子を慰める父〟の顔で彼が言う。

伸びてきたごつい両手が、双乳をそれぞれ下から掬うように揉みあやしてくれる。

（お義父さんの手……あぁ……あったかい……）

悦の波を煽ることもない、ただただ優しい手つきに甘えるうち、さらに女体が前に傾いて——気づけば、男の胸に上体を預けていた。

「あァ……！」

頼もしい胸板に押し潰れた両乳房が、安堵に浸る。対して、ツンと尖り勃つ両乳頭は自ずと胸板と擦れ合い、新たな疼きを溜めこんだ。

親に抱き締められているような安心感と、性交に伴う悦び。相反する二つに煽られて腰を揺すると、勃起クリトリスが彼の陰毛にくすぐられ、面映ゆさに見舞われた。

未だ絶頂の余波で収縮している膣に絞られ、彼の下腹部が波を打つ。それに押しついては勃起クリが今度は痺悦に酔い痴れる。

（まだ入れただけなのに、私……はしたなさすぎる。……でも……あァ……やっぱりお義父さんの、奥のほうまで……修さんのじゃ届かない所に埋まって、脈打ってる）

射精をせがんでいるような牡の鼓動が膣内で轟くたび。

絶頂の余波が薄れゆくほどに、渇望が強まる。

（もっとたくさん、強く、お義父さんのおちんちんと擦り合いたい……！）

願いに憑かれて、再び腰を前後に振りだす。

「ンンァ……ッ」

摩擦の都度、腰から背へと甘美な痺れが突き抜ける。病みつきとなっている自覚を持って貪りつけば、逸物も応じて突き上がってきてくれた。

「沙耶さんっ、チンポがあんたの中で悦んでるの、わかるかい、なぁっ」

「は、ひぃんっ！　ひぃっあああ……わかり、っます、ぁアッ、中でドクンドクンって、ひっ、高鳴ってくれてるのぉっ！」

問いに応えつつ身を起こす。再び深い位置に届いた逸物の存在感に嘶《いなな》きながら、彼の胸板に改めて両手を置いた。体勢が整ったことで満を持して豊乳を振り、丸尻を弾ませる。

安産型のヒップを持ち上げて、蜜に濡れそぼる肉幹を半ばほどまで引き抜いては、カリ首を陰唇で舐り回し。濡れ光る肉の砲身を根元まで呑んでは、膣壁穿つ亀頭の衝撃に酩酊する。

その際は彼のほうが腰を回す動きに転じてくれ、膣襞を肉棒で扱いてもくれた。

(言葉にして伝えなくても、わかってくれてる。見つめ合って、お互いの気持ちを汲み取ってるから。私も……お義父さんの考えてること、わかっちゃう)

伸びてきた彼の両手が、指の間を空けている。それですぐ、手を繋ぎたいのだと理解した。

彼の左右それぞれの手のひらに、己のそれを合わせ、指を絡めて握り合う。腰の律動に乗って弾む乳房のやや下あたりで繋いだ手に、どちらからともなく力がこもる。ぎゅっと握り合うと心まで繋がった気がして、一層互いの腰遣いに熱が入った。

「沙耶さんの奥のほうまでチンポが呑まれてるっ、マ○コの襞に舐り回されてっ、チンポ溶けちまいそうだ……ッッ」

隣室の息子のことを忘れたかのように陶然と吠えた彼が、巧みに膣洞のあちこちを突き上げてくる。

「ンッ！　あんッあああッ！　わた、しもッ、ひぁッ、あぁ……奥っ、奥におちんちん刺さるの堪らな……あひィィッッ！」

告白しつつ、悦に波打つ腹ごと腰を回す。8の字を描くように回しては肉砲身との摩擦を楽しみ、小刻みなグラインドを披露しては膣壁に亀頭が刺さる、その鋭い衝撃に打ち震わされる。

喜悦が蓄積するにつれ、女体が前に傾く。一突き浴びるごとに結われていない黒髪が靡き、室内に漂う汗と淫臭を掻き混ぜた。

下腹のずっと奥の方に蓄積された悦の塊が、膣洞内で逸物が脈打つたび、一回り、二回りと膨れてゆく。

そんなさなかに、繋いでいる手を改めてギュッと握られて、心が弾む。

合わせて尻も跳ね弾み、思いきり振り落とす。

「ひぃっ！　あああ！」

勢いよく根元まで逸物を呑んだ直後に、握り合っていた彼の手が引き寄せてくれる。

汗ばむ乳房を、同じく汗の浮いた彼の胸板に乗せる形で、女体が倒れこむ。

（……あ……）

押し潰れた乳肉に、触れ合う彼の心拍の速さが伝わってくる。彼にも同じように、乳房の内の早鐘が伝わっているはずだ。

相互理解の心地よさに口元緩めつつ、お互いの鼻先を突き合わせる距離で彼の瞳を覗きこむ。

『キスしたい』

潤む眼差しも、自らの唾液に濡れながら半開きの口唇も、そこから覗く唾たっぷりの赤い口腔も。背を抱き締めてきた、ごつい両手の頼もしさも。膣内をせっつくように小突く逸物も。目に映るすべて、身に感ずるすべてが接吻をせがんでいるように思えてならない。

彼の胸板に押し潰れる乳房と乳首も。背から伝わる温みにほだされて浮かんだ尻えくぼも。小突かれるたびに逸物を締め舐る膣洞も。女体の隅々もまた、同じ望みを抱いていたから。

迷いなく己が口唇を舌で舐り、濡らしたうえで彼のそれへと押し当てた。

「ン……！」

求めながらも、叶わぬものと諦めていた――そう言わんばかりに目見開き驚いていた彼。その強張りが、触れ合う唇の温みと弾力から実感得るにつれて蕩けてゆく。

（キス……修さんとだけって決めてたこと、また一つ。失くしちゃった……）

喪失感が、口内に突き入ってきた彼と舌先同士で触れ合った瞬間、背徳の悦びへと成り代わった。

チロチロと先っぽを擦り合わせてはくすぐったさに震え、舌先を吸い啜られては甘美に酔う。口中に彼の唾液の味わいが染み入るほどに、喉が鳴る。

「……っぷぁ、はひ……！」

息継ぎのため口を離せば、今度は口唇を甘噛みするように食んでくる。その小さくも甘い誘惑に引き寄せられるがままに再度、唇を捧げた。

『キスなどで盛り上げるのも大事』

妊活についての本で学んだことが、この上なく身に染みる。

今味わっているこれに比べたら、修としていた接吻は児戯同然。

「ン！　んんッ！　ふッ、ンぅぅ、ンふぅ……ッッ！」

哀しい事実を頭から追い出そうと、限界まで勃起したクリトリスを男の下腹肉に押しつけ、すり潰す勢いで腰を回す。

応じて突き上がった亀頭に膣壁が抉られる。

（キスしながらお腹の奥におちんちん擦れるの、凄くイイ……！　やらしく動けば動くほどっ、あァ……頭も腰も痺れて〝気持ちいい〟で一杯になってく……）

キス以前にも増して激しく互いの腰がぶつかり合うことで、肉同士のぶつかるパンパンという音と、汁の攪拌音の二重奏が響く中。

粘りの増した蜜と先走りの混合液も交えて吸着した結合部に、絶頂の前触れたる白熱が雪崩れこんでゆく。

――もう、イキそうだ。そう、膣内でぶぐりと膨れた逸物が訴えかけてくる。

――このまま中で果てたい。そう、眼前の彼の眼差しが訴えている気がした。

彼が右手で後頭部を押さえこんできた、それが気持ちの表れ。

限界を訴えてから一層激しく抜き差しされだしたペニス。それこそ動かぬ証拠、彼の願いなのだと理解した。

（……今日は、危険日じゃないから）

うってつけの言い訳が頭を掠め。

ピストンの振動に誘われるように、産道を子宮が下りてゆく。

破裂せんばかりに速まった心臓の鼓動が、期待に押されてさらに一段階昂り——。

（私も……このまま、一緒に。お義父さんと繋がったままでイキたい……！）

また一つ禁忌を犯す決断をさせる。

心を決めて尻を振り、腰を打ちつけてゆく。その都度子宮が下るのを知覚する。差し迫る決着の瞬間を心待ちにして、膣洞全体が痙攣し続ける。

「んぅっ！　出るっ……！」

顔を振って接吻から逃れた彼が、目一杯に腰を突き上げて——。

「あぐっンぅぅぅうっ！」

産道を下りきった子宮の口を、亀頭に穿たれた瞬間。

男女の腰で爆発した悦びが、各々の汁となって噴き上がった。

「ぐゥ……！」

太く短く呻いた彼の腰が、子宮口に亀頭を押しつけたままで痙攣し、種汁を射出する。夢見心地で天仰いだ彼の腰元から放たれた濃厚白濁汁が、折よく開いた子宮口の内部へと、小便のごとき勢いで噴きつけた。

「はひッ、イクううううううっ！」

初めて、子を育むための器官に直接種を注がれている。女の身体の一番大事な場所にマーキングされた。

圧倒的な被虐感が、子宮をさらなる至悦へと押し上げる。

（お腹に熱いの、染み広がってくぅ……あッ、あァ！　またビチャビチャ、たくさん濃いのかかってェ……！）

新たに注がれた種汁が、先に注いだ種汁溜まりを波立たせた。その振動が、ねっとりと絡みつかれた子宮内粘膜をも震わせ、また。

「ンぁッあああぁっ！」

引き攣れ締まった膣洞が、亀頭に吸いつく子宮口が一層の吐精を逸物に促した。

「お……！　あァ……！」

射精真っ只中で敏感な性器を絞り吸われて、壊れたように背を震わせながら。よだれ垂らした彼が喘ぎ喘ぎ腰を突き出して、新たな種を注ぐ。

「はァ、ッ！　あああ……また、ぁっ、イクぅぅぅぅっ」

息も絶え絶えになりながら、二発目も子宮内に受け止めて、至悦の高みへと舞い戻る。身も心も満たされた──そんな実感が、白熱に未だ犯されている瞳から涙をこぼさせた。

今この時ばかりは修への罪の意識を忘れ、心の底から至福に没頭する。その証拠たる涙。同じ涙を、見つめ合う先の彼も流していたから。

今また子宮に精を浴び、下腹波打たせた女。その嬉々と弾んだ胸の内がときめく。

（また、もっとキス……したい）

当たり前にそう願った女の肩を、彼の手が押した。

「や、ぁあっ」

逸物を絞り上げんがため腰を回しながら、彼の身体から引き離され、上体を立たせることになった。乳や腹部から彼の温みが失われた寂しさに、堪らず頭振った矢先。

追い迫ってきた彼の口唇に、目も、心も奪われる。

「ン……」

上体を起こした彼の両手に背を抱かれ、互いの口唇が重なった瞬間。恍惚にどっぷり浸かるその間も、二人の瞳は薄開きのまま。

舌で相手の歯茎や頬裏を舐り愛でては、悦びを引き出してゆく。そうして相手の蕩け顔を、悦に身震わせる様をしかと目に焼きつけて、なお一層の悦びに溺れた。

また彼の唇が離れてゆく――そう感じ、寂しさに瞬いたのもつかの間。口の外へと吸い出された舌の先っぽだけが、窄まった彼の口唇に啜られる。

ズゾゾという卑猥な響きが耳朶《じだ》を犯し、唾ごと吸引された舌先は一層の恍惚に震わされた。

「あ、や、ァぁぁッ」

徐々に射精の勢いが衰えていく。それを補填するかのように、彼の舌が首筋から腋の方へと這い舐めずっていく。

（ゾクゾクしちゃう……）

焦れてゆるゆると牝腰がくねる。膣の求めに応じて精を吐き出しきった逸物が、絡む襞肉をわずかに掻き。

「ンふぅぅっ」

彼の腰も緩やかに突き上がりだすに至り、堪らず女の甘ったるい鼻声が轟く。

（まだシてくれるんだ。まだもっと気持ちよくなれる）

躍った心がそのまま、腰振りに表れる。

牝腰が淫らに、大胆に踊るほど、逸物も嬉々と躍動し――。ぶつかり合う男女の腰が、すぐにまたパンパンと小気味よいリズムを刻みだす。

子宮を突き上げては嬉々と鼓動する逸物が、愛おしくて堪らない。

「んふぅッ！　あはァッ……あァ、あッ！　奥っ、奥がイイのぉおっ」

接吻を中断して訴えると、望み通りに亀頭が膣奥ばかり穿ってくれた。

強かなピストンに突き上げられては痺悦を孕み。トロ蜜溢れる膣洞を子宮が下っては、また突き上げられる。瞬く間に蓄積する波状の悦に引き攣りながらも、腰は縦に弾み続け、左右前後にくねるのをやめない。

「沙耶さん、ああ、俺もイイ……ッ、堪らねぇよ……っ」

惚けた声で告げた彼の舌が、今度は首筋を舐り降りてゆく。

首に奔るゾクゾクとした甘美もさることながら、舌が接近するにつれてときめく乳房。中でも乳頭に滾る期待の疼きが悩ましい。

「ふ、ッ、あ！　あぁ……や、ぁんッんんッ」

逸物に穿られる膣が悦びの蜜に満ちる一方で、焦れた乳頭が切なく震える。

「吸って、おっぱい、吸ってください！」

堪らず懇願した直後に、待ちに待った刺激は到来した。

「ひィっあああァ！」

強く吸いつかれた右乳肉が楕円に引き伸ばされる。その卑猥な様に見入る中で、彼の口唇に呑まれた乳首がレロレロと舐り転がされ、胸にもようやくの痺悦が訪れた。

（お義父さんがおっぱい吸ってる。私の胸にがっついてる……！）

まるで腹を空かせた赤子のごとき貪欲さで。されど赤子には決してありえない精緻な舐り方をする彼への、慕情と劣情が揃って膨らんだ。

溢れる思いが、射精をせがむための蠕動を膣洞に促す。

それを受けて逸物が律動のペースを上げれば、追って牝腰も弾む速度を上げ、より淫らに、大胆なくねりを披露した。

「ひぁッあァ！　ふッううあ……っ！」

右乳肉が啜られては甘美に酔い、左乳首を抓り捏ねられては痛切に喘がされる。左乳肉を揉まれながら右乳頭を甘噛みされて、下腹が嬉々と波打つ。

「またっまたすぐイッちゃいますぅっ」

ピンと張った足先も、ギュッと彼の首に背に抱きついた両手も、力む下腹部も、汗と熱に浮かされながら、再絶頂が迫り来ているのを自覚した。

「ああ俺もっ、もう……ッ、出る、また出るぞ沙耶さん！」

膣襞に幹を舐められ、子宮の口に亀頭を吸われ続ける彼もまた、悦に痺れた腰と震え声で射精の差し迫りを通告する。

互いに背を抱き締め、再度顔を見合わせる形になって即、唇を重ねた。

痺れるほどに増す快楽量に突き動かされるがまま、男女の腰が打ちつけ合う。深い結合を望む性器同士が、汁を零しながら互いを頬張った。

(このまま、キスしたままで……また一番奥に出して！)

産道を下りきった子宮が突き上げられては、内に溜めた子種汁をチャポチャポと波打たせ、至悦を手繰り寄せてゆく。子宮内膜に粘りつくほど濃密な種汁がまた足されるのだと思うだけで、女芯が茹だる。

「ああ、沙耶さん、イクぞ、出るッ……！」

苛烈に、かつ女の望む場所をピンポイントで突き貫き続けた逸物が、期待通りにぶぐりと膨れた。締めつく膣肉で感知した瞬間から、さらにもう一段階、膣洞の締めつけと収縮、襞肉の蠕動が強まった。

数多の舌に舐り回されているような錯覚に囚われた逸物が、目一杯に突き上がる。

「はひ、イッ、きてぇぇッッ!!」

腰を振り落とした女の懇願が、子宮口が亀頭を銜えこむと同時に大音量で轟いた。

それを待っていたかのように再び、小便がごとき勢いの吐精が始まる。

「ぐぅっ！　おぉぉ！」

太く短い咆哮《ほうこう》を放つ男のトロ顔が、女にとってはこの上なく愛しく。

「ひィッあッ、あ――――――ッッ!!」

子を育む器官で直接種を浴びることで自然と飛び出た舌先を震わせて、涙とよだれに濡れたアクメ顔を晒した女。それを恋しく思えばこそ、男は口づけをしながらの射精にこだわった。

（キスされながら、中に出されるの……好き。これが一番好きィ……）

体内に響く吐精の鼓動ごと逸物を、膣洞が締め上げる。絞り出された種汁の勢いは、年齢も、連発であることも感じさせぬ雄々しさで――嬉しさのあまりに女が男の舌先を舐り愛でれば、よりけたたましく精が吹きつける。

「ふぅッ、んッ、んんんぅぅぅぅぅぅぅッッ!!」

見る間に子宮を満タンにしてしまった種汁の、こってりと粘る感触にも酔い痴れ、ぶり返してきた至悦の波に攫われた。

夫の父と口づけを交わすことで心が、夫の父の種を浴びることで身体が満たされる中。魔が差したように視線が、夫が眠る隣室を隠す襖に注ぐ。

（修さん、私……ごめん、なさい……）

結局最後まで起きてこなかった夫。すべてを晒した妻を見てはくれなかった夫。失望でも怒りでもなく、ただ〝愛しい彼にも、すべて晒した自分を見てほしかった〟。そんな願いが溢れ出したことで、この期に及んで夫への愛を再自覚させられる。

こんな形でしか秘匿の心苦しさを晴らせない、弱い己を恥じるほどに射精の恍惚が胎《はら》に染む。罪の意識が膣洞を揺すり、今また放たれた種汁を子宮が悦んで啜った。

そうして三度《みたび》。

（ひァ……ッ！　イク、お義父さんのおちんちんでまたっイクぅぅぅっ）

夫の父の背を抱いて、腰を目一杯に押しつけ至悦に浸る女の頬に、悦びと哀しみの入り混じる涙が伝った。

「……こんなにも弱い私が、これから先……修さんを騙したまま生きていけるのか。不安、なんです……」

対面座位で繋がったままの性器同士が、絶頂の余韻の完全消失を悟る頃。

胎に溜まった種汁の重みと温みに後押しされて、沙耶が心情を吐露する。

その言葉を予期していたかのように舅は頷き、優しく背をさすってくれた。

弱った心にとっては毒にもなり得る優しさだ。理解していても、甘えたがる身を律することはできなかった。ただせめてもと顔を彼の胸板に伏せて泣き声を押し殺す。

「子供ができたら、それが支えになる。だから……どうか。どうか、修とまた歩んでやってほしい」

好いた女を欲する〝男〟としてでなく、秘匿の〝共犯者〟としてでもない。息子夫婦の未来を願う〝父親〟としての顔を、きっと彼なら最後には選ぶと予測できてもいたから――。この部屋を訪れた時すでに決めてあった返事が口を衝く。

「……はい……」

彼の胸板に顔伏せたまま発した一言はくぐもり、涙に濡れてもいたけれど。確かに伝わったとばかりに頷いた彼の右手が頭を撫でてくれる。落ち着くまでこうしているからと、左手で背をさすってもくれた。

こんな風に抱き合えるのも最後だと、わかっているからこそ。

(今だけ。あと、もう少しだけ……)

優しい毒に甘えていたかった。

エピローグ

徹次が高知を去ってから、十度目の夏。

「いってきまーす」

この日も朝から、間宮家の玄関に元気一杯の声が轟く。

数日前に九歳の誕生日を迎えたばかりの声の主――修と沙耶の一人息子で優希《ゆうき》と名づけられた少年が、夏休みが待ちきれない様子で駆け出して行った。

「行ってらっしゃい、気をつけるのよ」

三十八歳となっても近所では若いと評判の沙耶が、玄関先から注意を促す。

だが俊足の息子はすでに小さく遠ざかっていて、声は届かなかった。

振り向くことなく曲がり角の向こうへと姿を消したTシャツ姿に嘆息しつつ玄関へと向き直れば、今度は伴侶――少しだけ老けた修が土曜出勤のため顔を出す。

「ついこないだまで、休みの日は父さんと遊ぶって言ってくれてたのになぁ」

寂しげにぼやいた修が、靴を履くなり定例の口づけを愛妻に捧げた。

近頃息子は、この定例のキスに先駆けて登校するようになっている。

（親のこういう場面って、無性に恥ずかしいのよね）

育ての親である祖父母が高齢だったこともあり同様の経験をしたことがない沙耶だったが、母として、息子の照れは察せられる。

「優希も、もう親よりも友達と過ごしたい年頃なのよ」

自身の幼少の頃のことも踏まえ諭すと、夫はなおも寂しげに溜息吐いたのち。我が子の成長を喜ぶ〝父親〟としての清々しい表情となって告げた。

「そうだね。あの小《ち》っちゃかった優希がもう九歳。……早いもんだ」

子の成長の早さに驚き、喜ぶ。夫婦は同じ心情を笑顔で分かち合う。

「じゃ、いってきます沙耶さん」

「いってらっしゃい」

共に過ごせる日々に感謝し、これからも記憶の宝物が増えていくと信じて、再度。愛の証である口づけを彼に捧げる。

新婚時代と変わらないはにかみ笑顔を浮かべて、頬を掻きながらマイカーに乗りこんだ彼が、改めて「いってきます」と告げ、出ていった。

ケアマネージャーの資格も取った修は、職場でグループリーダーを任されるようにもなっている。頼もしい一家の長への尊敬と愛情は尽きることがない。

その証拠に、二人目を半ば諦めた今も修との夜の営みは月二回ペースで続いている。

（あの、温泉旅行の後から……恥ずかしがらずに修さんにしてほしいことを伝えられるようにもなった）

性交渉中も互いの意見を伝え合うのを心掛け、互いの性感を理解していったおかげで、かつての妊活中のように不満を覚えることはなくなった。

十年という歳月が、舅との肉悦の記憶を薄れさせてもいる。

一方で、犯した不貞をひた隠しているという罪の意識は、いくら年を経ても薄まることはない。

（でも。卑怯だとわかってても、この幸せを手放したくないの）

夫と子の匂いが染みた家の中に戻ると、気持ちはひと際強まった。

（今日、もうすぐお義父さんがやってくる）

お爺ちゃん子である優希にせがまれて根負けする形で、十年ぶりにこの家に泊まることになっている。

（でも、大丈夫）

毎年、盆と正月には修と優希と三人で東京へ出向いて、顔を合わせてもいるのだし、大丈夫だ、心配ない。家族交流の記憶の中で、すっかり〝孫に甘い祖父〟の顔になっていた徹次を思い起こしては、己が心に言い聞かす。

（私も、お義父さんも、家族に戻ると決めたんだから）

折よくインターホンが鳴り、来客の訪れを告げる。

前もって修から伝えられた来訪時刻とも合致する。

扉を開けると想像通りの人物が立っていて、「おう」――申し訳なさげに苦笑いするその表情が、彼もまた似たような心情でいることを示していた。

盆や正月には誰かしら家族が近くに居て、二人きりということはなかった。二人きりで顔を合わせるのは、正真正銘、温泉宿での情事の夜以来となる。

それゆえの、思った以上の緊張感に互いが見舞われる中。

二人の視線が図らずも交わった。

（……っ、あ……）

互いに相手が異性を見る目をしているのに気づき、身体と心を疼かせた。

だがそれも、ほんの一瞬だ。

「今日は優希のお願いを聞いていただいて、ありがとうございます」

七十になってなお壮健な〝夫の父〟に安堵して、〝息子の妻〟として声かければ。

「俺も優希に会いたかったんだ。だから気を遣わんでくれよ」

〝息子の妻〟を労《ねぎら》う〝夫の父〟もまた強張りの取れた様子で応じた。

「この時間に顔出すって言っておいたってのに、優希は出かけてるのか。ったく。もうジジ離れする年頃かい」

「照れてるだけですよ。昨晩は、爺ちゃんは何時に来るかってしつこかったんですから」

孫の不在に不貞腐《ふてくさ》れかけた顔が、嫁の暴露を受けて照れ笑う。

（……大丈夫、もう）

罪の意識を抱え秘匿を続ける限り、心のどこかに不安はあり続けるのだろう。それでも、夫と向き合えるようになった喜びを、子供の成長を見守れる幸せを、徹次も交えての家族四人の日々を、心から願える今を尊び生きていく。

リアルドリーム文庫202

妊活妻は夫の父にほだされて……

2021年5月29日　初版発行

◎著者　空蝉《うつせみ》

◎発行人
岡田英健

◎編集
野澤真
鈴木隆一朗

◎装丁
マイクロハウス

◎印刷所
図書印刷株式会社

◎発行
株式会社キルタイムコミュニケーション
〒104-0041 東京都中央区新富1-3-7ヨドコウビル
編集部　TEL03-3551-6147／FAX03-3551-6146
販売部　TEL03-3555-3431／FAX03-3551-1208

ISBN978-4-7992-1494-7 C0193